Die Teigtascherl-Intrige
Ein Wiener Zentralfriedhofs-Krimi

Patrick Budgen:
Die Teigtascherl-Intrige

Alle Rechte vorbehalten
© 2024 edition a, Wien
www.edition-a.at

Cover/Illustration: Bernd Ertl
Karte: Anna-Mariya Rakhmankina
Satz: Michaela Kahler

Gesetzt in der Premiera
Gedruckt in Europa

3 4 5 6 7 — 27 26 25 24

ISBN: 978-3-99001-745-6

Patrick Budgen

Die Teigtascherl-Intrige

Ein Wiener
Zentralfriedhofs-Krimi

edition a

*»Zwischen Allerheiligen und
Allerseelen liegt Wien.«*

André Heller

Das halte ich nicht aus für alle Ewigkeit! Niemals! Jamais! Ruhe sanft haben sie gesagt. Und friedlich. Wie soll denn das hier unten gehen? Auf diesem kalten und harten Untergrund kann sich niemand entspannen. Nicht einmal dem größten Kotzbrocken hätte ich einen derart unwürdigen Platz zugedacht. Und von denen habe ich im Laufe meines Lebens einige kennengelernt. Das können Sie mir glauben! Verdient habe ich mir dieses Loch hier jedenfalls nicht. Da bin ich mir sicher.

Wird es überhaupt jemand mitkriegen, wenn ich mich hier unten mit dem gewöhnlichen Staub und Dreck vermische? Im wahrsten Sinne des Wortes. Wenn die Ratten, Gott, wie ich sie hasse, meinen letzten Ort der Ruhe zerstört und mit ihren kleinen Pfötchen alles, was von mir übriggeblieben ist, verteilt haben, dann bin ich endgültig weg. Und dann wird niemand jemals erfahren, wie ich wirklich gestorben bin.

Dienstag, 12.38 Uhr

So fühlt es sich also an, tot zu sein, dachte Toth. Er merkte, wie sich seine Kehle langsam zuschnürte. Die Luft im Sarg wurde immer dünner. Wie bei einem Tiefsee-Tauchgang, wenn der Sauerstoffvorrat falsch berechnet worden war und plötzlich, am Boden des Meeres, knapp wurde. Alexander Toth wusste, warum er bei seiner bisher einzigen Fernreise nach Mexiko den Tauchkurs ausgelassen und stattdessen die Strandliege gewählt hatte, auf der er sich mit seiner blassen Haut einen heftigen Sonnenbrand holte.

So sehr er sich auch bemühte, langsam und tief einzuatmen, seine Lunge brannte wie Feuer. Dabei war er erst wenige Minuten hier unten. Oder war doch schon eine halbe Stunde vergangen? Sein Zeitgefühl ging bereits verloren. Würde er es in dieser Position mehrere Stunden aushalten? Oder Tage? Oder sogar eine ganze Ewigkeit? Alexander Toth spürte Panik und Übelkeit in sich aufsteigen.

Seine Augen hatten sich nur langsam an die Dunkelheit gewöhnt. Ein kleiner Schlitz zwischen Sargdeckel und -korpus ließ einen schmalen, blassen Lichtstreifen auf seine dunkelgraue Arbeitshose fallen, in der seine ausgestreckten Beine steckten. Würden da irgendwann die Würmer oder anderes Ungeziefer durchkriechen und sich an ihm zu schaffen machen, bis nichts mehr von ihm übrig war? Würde er etwas davon mitbekommen?

Toth merkte, wie sein Puls schneller wurde, und verwarf diesen Gedanken sofort. Wie bei einem dieser Daumenkinos, wo sich nach jedem Umblättern ein neues Bild erschloss, erkannte Toth nach jedem Blinzeln ein neues Detail in der ungewohnten Umgebung. Er musste den Kopf, soweit es eben ging, anheben und vorsichtig drehen, um sich umzusehen. Mehr Platz war hier nicht. Er merkte dabei, wie lange er seine Bauchmuskeln nicht mehr trainiert hatte und fasste sich an seinen leichten Bauchansatz.

Er lag auf hellem Untergrund. Und es war weich. Das Innenleben des Sarges fühlte sich an, als sei es mit Seide gefüllt worden. Es roch nach frischem Lack, gemischt mit Toths eigenem zitronigen Parfüm. Als er den Kopf drehte, kratzten seine kurzen, hellroten Bartstoppeln auf dem hohen Polster. Das Geräusch durchbrach die Stille. Das Pochen an seinen Schläfen wurde lauter. Es war, als ob der weltberühmte Schlagzeuger Martin Grubinger in Toths Kopf saß und nach seinem Abschiedskonzert noch eine Zugabe spielte. Bumm. Bumm. Bumm. Wie eine Welle erhob sich die Panik in ihm, trommelte gegen sein Innerstes. Toth spürte, wie gleich mehrere Schweißtropfen über seine hohe Stirn perlten, über die Nase voller Sommersprossen und den Mund sein Kinn hinunterrannen und von seinem schwarzen Hemd aufgesogen wurden.

Toth kniff die Augen zu. Ganz fest. So fest, bis es schmerzte. Er merkte gar nicht, dass er gleichzeitig auch seine zierlichen Hände zu Fäusten ballte. Was, wenn es hier und jetzt vorbei wäre? Was, wenn er den Deckel nicht mehr aufbekommen würde und dies die letzten Momente seines Lebens wären? Er hatte doch erst vor etwas mehr als einem Jahr sein ganzes altes Leben über den Haufen geschmissen und seine stressige Karriere als TV-Journalist und Moderator an den Nagel gehängt. Mehr Life, weniger Work. Das war sein Plan für mehr Balance im Leben. Deshalb war er mit Anfang vierzig Bestatter geworden. Alles auf Anfang. Der Stress, die Nachrichtenflut, seine Social-Media-Sucht, er hatte doch alles erst hinter sich gelassen. Hatte er alles getan, was er sich vorgenommen hatte? Allen alles gesagt, was er sagen wollte? Vor allem ihr?

Vor seinem inneren Auge baute sich binnen Sekunden ein Bild auf, das erschreckend realistisch wirkte. Er sah alle Menschen, die ihm in seinem Leben lieb waren. Viele waren es nicht. Es hätte eine Hand gereicht, um sie aufzuzählen. Da waren seine Eltern, Dina und Heinz Toth. Da war Marie-Theres Ehrenfels, die einzige weibliche Sargträgerin am Wiener Zentralfriedhof und seit Beginn seiner Bestatter-Laufbahn seine Lieblingskollegin. Und da war sie. Sein Herz schlug auf einmal noch schneller. War sie es wirklich? Ja, sie war tatsächlich gekommen. Toths bisher einzige, große Liebe. Sie stand da und trauerte um ihn.

Sie starrten ihn mit tränenerfüllten Augen an. Von oben herab. Es war nicht anders möglich, denn Toth lag in einem ausgehobenen Grab am Zentralfriedhof, irgendwo am Rande des alten jüdischen Teils im Osten des riesigen Areals. Es war seine eigene Beerdigung, die er sich gerade vorstellte. Die Trauernden waren ganz in schwarz gekleidet und weinten. Marie-Theres hatte sich in ein knielanges, enges Kleid gehüllt. Sie trug dunkle Lackschuhe mit Bleistiftabsätzen. Die Tränen seiner Hinterbliebenen flossen in seiner Vorstellung wie ein Wasserfall in die offene Grube. Die Grube erinnerte Toth an eine Cenote, die er in Mexiko gesehen hatte. Wasserlöcher, die durch Süßwasser gespeist wurden. Hier waren es nun die salzigen Tränen, die das Loch füllten.

Am lautesten weinte seine Mutter, die als Hausmeisterin aus Ottakring ihrem Sohn unter anderem die Neugierde vererbt hatte und es ihm auch an seinem Grab noch übelnahm, dass er seine TV-Karriere aufgegeben hatte. Sein Vater ließ sich wie immer in schwierigen Situationen, zumindest nach außen hin, nichts anmerken und streichelte seiner Frau tröstend über die Schulter. Wer dir wirklich wichtig ist, dachte Toth, merkst du erst, wenn du tot bist.

Was war mit den beiden Frauen? Weinten sie tatsächlich um ihn? Sagten sie etwas? Sprachen sie vielleicht sogar miteinander? Toth kniff seine Augen noch fester zusammen, um das Bild in seinem Kopf zu schärfen. Doch bevor er sehen konnte, wie die Szene ausging, stieß er wie fremdgesteuert mit einem kräftigen Stoß den Deckel des Sarges auf, in dem er seit einer gefühlten Ewigkeit lag und atmete tief ein. Er hatte es nicht mehr ausgehalten. Es war ihm zu viel geworden.

War der klobige Deckel des Linden-Sarkophags »Memphis« beim Öffnen tatsächlich schwerer als beim Verschließen, oder kam Toth das nur so vor? Die Reise aus der Unterwelt zurück an die Oberfläche der Lebenden war eben schwieriger als umgekehrt. Toth wischte sich mit der rechten Hand den Schweiß von der Stirn und stieg aus dem auf Hochglanz polierten, weißlackierten Einzelstück etwas unbeholfen heraus. Wie verrückt kann man sein, viel Geld auszugeben, um darin zu liegen, dachte er sich. Toth schaute sich in der unterirdischen Arkadengruft um, und versicherte sich, dass ihn niemand beobachtete. Es hatte sich zum Glück niemand hierher verirrt. Einzig einen gewissen Josef Festa sah Toth. Der Putzerei-Besitzer war 1949 in Wien gestorben, wie die verschmutzte Marmortafel verriet, die eine Wandnische abdeckte, in welcher der Verstorbene lag und unter der Toth nun stand.

Hier würden in wenigen Tagen also zahlreiche lebende Menschen Schlange stehen, um einmal tot zu spielen und Probe zu liegen. Alexander Toth hatte über dieses morbide Vergnügen vor vielen Jahren als junger Reporter berichtet, als er noch beim Fernsehen arbeitete. Damals hatte die Bestattung in ihrem hauseigenen Museum im Rahmen der langen Nacht der Museen zu einer Art Nacht des offenen Sarges geladen und hunderte Menschen waren gekommen, um es sich in einem XXL-Sarg gemütlich zu machen. An diesem Abend war auch der Spitzname »Big Mac« für Särge in Übergröße entstanden.

Ein junges Pärchen, im Gothic-Style gekleidet, war nach stundenlangem Warten unter dem hysterischen Gelächter seiner Freunde in den Sarg gestiegen. Als der Bestatter den Deckel zumachen wollte, damit das Nahtod-Erlebnis noch realistischer wurde, rief die Frau einer Freundin zu: »Komm, leg dich auch rein, dann sind wir ein Big Mac.« Ein neues Wort im Wiener Bestattungsjargon war geboren, das noch immer eifrig benutzt wurde.

Der Big Mac, vor dem Alexander Toth stand, hieß »Memphis« und war bereits für kommenden Sonntag bereit. Er sollte eines der Highlights bei der großen 150-Jahr-Feier des Wiener Zentralfriedhofs werden. Am 1. November 1874 wurde der mittlerweile zweitgrößte Friedhof Europas am Stadtrand von Wien, in Simmering, eröffnet. Und Wien wäre nicht Wien, würde man hier nicht auch den Geburtstag einer Totenstätte feiern. Das Probeliegen im »Memphis«-Sarg (ohne Elvis) war nur ein Programmpunkt, den sich die Bestattung für seine Ehrengäste ausgedacht hatte. Eine VIP-Führung hinter die Kulissen inklusive Probe-Liegen.

Auch Austropop-Star Wolfgang Ambros hatte sich angesagt, um seine legendäre Hymne »Es lebe der Zentralfriedhof« auf einer eigens aufgebauten Bühne zum Besten zu geben. Über fünfhundert Gäste aus Politik, Wirtschaft, Kunst und Kultur wurden erwartet. Der halbe Friedhof, also die lebende Hälfte, war mit den Vorbereitungen dafür beschäftigt. Toth hatte man die Betreuung der Station hier unten zugeteilt. Er sollte sozusagen der Türsteher sein zum Tor ins Jenseits und die Gäste ein- und aussteigen lassen, nachdem sie sich am Grusel-Buffet gelabt hatten. Blutige Hotdog-Finger aus Frankfurter Würstel, giftgrüner Würmer-Wackelpudding und schokoladige Geister-Bananen waren einige der halb-lustigen Speisen, die man sich ausgedacht hatte, um die Besucher stimmungsvoll zu versorgen.

Es knurrte. Das war Alexander Toths Magen, der ihn langsam ans Mittagessen erinnerte. Am ehesten noch ein Paar Würstel, dachte sich Toth, als ihn ein lauter Schrei aus seinen Gedanken riss. Er war schrill und hallte durch den weitläufigen Gang der Gruft. Das war sicher keiner von uns, dachte er mit dem Blick auf die eingemauerten Särge um ihn herum. Dann rannte er in die Richtung, aus der das Geräusch gekommen war.

Dienstag, 12.44 Uhr

Er hatte das Gefühl, barfuß über einen Ameisenhaufen zu laufen.

Toths Füße kribbelten, als er die alten, mit Staub beschichteten Steinstufen hinauf ins Erdgeschoss der Arkadengruft hechtete. Sie waren beim Probeliegen im Sarg eingeschlafen und noch immer nicht aufgewacht. An der letzten Stiege, die zu groß für einen Schritt, aber zu klein für zwei war, blieb er in der Eile beinahe mit der Spitze seines linken, klobigen Arbeitsschuhs hängen. Um ein Haar hätte er den uralten Granitboden geküsst. Es wäre sein erster Kuss seit langer Zeit gewesen. Mit einem schnellen Griff auf das gusseiserne, rostige Geländer konnte er die Balance wiederfinden.

Kaum hatte er das Gleichgewicht wiedergewonnen, hörte er den nächsten Schrei. Er war schrill und noch lauter als der Erste. Es klang nach einer Frauenstimme, dachte Toth, als er den Seiteneingang der Arkadengruft neben der Karl-Borromäus-Kirche öffnete und ins Freie trat.

Die Herbstsonne, die dank des Klimawandels Ende Oktober ungewöhnlich stark war, blendete den Bestatter, der durch den Treppenlauf leicht außer Atem gekommen war. Seine Augen brauchten einige Sekunden, um sich nach der Dunkelheit im Sarg ans Sonnenlicht zu gewöhnen. Deshalb zweifelte er im ersten Moment auch daran, was er vor sich sah.

Sein Mund stand genauso offen wie die drei Meter hohe Tür des Mausoleums, das ans Ende der halbkreisförmigen Gruft-Anlage gebaut worden war. Weder in seiner Zeit als Bestatter noch als Journalist, wo er oft vom Zentralfriedhof berichtet hatte, war ihm ein Blick in eines der beiden Mausoleen gewährt worden. Die Türen aus massiven Metallstreben und blickdichtem Milchglas blieben stets geschlossen. Niemand wusste genau, wem diese Grabstätten eigentlich gehörten und ob sie überhaupt jemand besuchte. Der Schrei musste aus diesem Mausoleum gekommen sein.

Toth blickte ins Innere und erkannte im Gegenlicht erst nur die Silhouette einer zierlichen Gestalt. Offenbar bemerkte die Person nicht, dass sich der rothaarige Bestatter langsam näherte, bis er direkt neben ihr stand.

»Was ist passiert?«, fragte Toth mit seiner angenehmen, fernsehgeschulten Stimme. »Brauchen Sie Hilfe?«

»Man hat François gestohlen!«, kreischte die Frau. Toth meinte, einen leichten französischen Akzent herauszuhören.

»Wie soll denn das gehen?«, fragte Toth verwirrt. »Der liegt doch da drunter.« Er zeigte auf die massive Grabplatte am Boden des Mausoleums, die sich keinen Zentimeter bewegt hatte.

»Aber nein!«, schluchzte die Frau auf. »Er stand immer da.« Nun war sie es, die ihre linke, gepflegte Hand hob und auf eine kleine Kommode am Rande des Raums deutete. Toth bemerkte, dass die schwarzhaarige Frau ungefähr in seinem Alter sein musste.

Er begutachtete das Möbelstück aus Mahagoni-Holz. Eine Entdeckung ließ ihn stutzen.

»In diesem Dim-Sum ist Ihr Mann hoffentlich nicht drin«, sagte Toth. Er trat einen Schritt vor und beugte sich über den weißen Porzellanteller, auf dem eine Art Teigtascherl lag.

Es kam immer wieder vor, dass Angehörige die Lieblingsspeisen und -getränke der Verstorbenen an ihre Gräber brachten. Schweinsbraten, Schokotorte, Energydrinks. Gut, dass man als Toter nicht mehr zunehmen konnte. Manche glaubten aber offenbar daran, dass sich die Toten in einer Art nächtlichen Hungerattacke den Bauch vollschlugen. Apropos. Ein Mittagessen würde Toth jetzt recht kommen. Sein Magen knurrte wieder.

»Das ist kein Dim-Sum, Sie Banause«, sagte die Frau. Toths Unwissen in Sachen Teigtaschen schien sie für einen Moment ihren Schock vergessen zu lassen. »Das ist eine Aumônière. Die Spezialität meines verstorbenen Mannes!«

Toth antwortete nicht sofort. Er tat das, was er am besten konnte, und versuchte seine Umgebung binnen Sekunden zu analysieren. Das etwa zehn Quadratmeter große Mausoleum war wie ein Wohnzimmer eingerichtet. Auf dem hochwertigen grauen Fliesenboden lag ein dunkelroter Perserteppich. Die rund vier Meter hohen Wände waren in einem frischen Hellgelb gestrichen. Neben dem Teigtascherl-Teller lag ein heller Hut. Ein Borsalino. Toths Großvater hatte einen solchen gerne an heißen Sommertagen getragen. An der Wand darüber hingen zahlreiche Bilder und Zeitungsausschnitte. Daneben ein Herz aus Stein, in dem »In Liebe, Deine P.« eingraviert war.

»Das süße Leben: Eine Würdigung des Teigtascherl-Titans« stand in dicken Lettern auf dem Titelblatt einer Boulevardzeitung, die direkt über der Kommode angebracht worden war, umrahmt von mehreren Fotos, die den Verstorbenen offenbar im Kreise seiner Familie zeigten. Auf einigen erkannte Toth die Frau neben ihm. Jetzt war ihm klar, in wessen Mausoleum er sich befand. Der Tote war niemand anderer als François Boulanger, die neueste Berühmtheit am Zentralfriedhof.

Das Begräbnis von Boulanger hatte vor einigen Wochen für einen großen Auflauf am Friedhof gesorgt. Marie-Theres hatte Toth damals brühwarm davon erzählt, da er an diesem Tag frei gehabt hatte, worüber er heilfroh war. Er hatte als Journalist genug über solche Trauerfeiern berichtet. Jetzt wollte er seine Ruhe haben.

Halb Wien war gekommen, um sich vom Teigtascherl-Titan zu verabschieden, der das Beste aus Richard Lugner und Martin Ho in sich vereinte. Politisch vernetzt und der Kamera stets zugeneigt, das war François Boulanger. Er war ausgerechnet in seinem Gourmet-Tempel in der Wiener Innenstadt bei der Feier seines siebzigsten Geburtstags gestorben. Nach einem Herzinfarkt war sein Kopf auf den edel gedeckten Tisch geknallt, neben das volle Rotweinglas.

Von der Trauerfeier hatten damals sogar die »Seitenblicke« berichtet. Hier ins Mausoleum dürfte François Boulanger erst danach eingezogen sein, dachte Toth. Im engsten Familienkreis, wie es immer so schön hieß. Deshalb hatte das niemand mitbekommen.

»Da, neben seinem Lieblingshut, stand die Urne mit seiner Asche«, unterbrach die Frau seine Gedanken. »Und jetzt ist sie weg. Einfach weg. Und stattdessen steht dieser Teller mit einer Aumônière hier. Mon dieu«, entfuhr es ihr.

»Und dieses Teigtascherl …« Toth korrigierte sich sofort: »Verzeihung, diese Aumônière hat also irgendwer hierhergestellt.« Er begutachtete die etwas eingetrocknete Speise. »Das ist wohl die Variante für den ganz großen Hunger«, sagte der Bestatter und tippte mit seinem Zeigefinger vorsichtig auf das Gericht, das aussah wie ein Klingelbeutel aus Teig.

Moment. Was war das? Toth berührte die Teigtasche noch einmal. Er war wahrlich kein begnadeter Koch, aber sogar er erkannte, dass mit dem Gebäck etwas nicht stimmte. Papier war wohl kaum eine Zutat dieses französischen Teigtascherls mit dem unaussprechlichen Namen. Aus einem kleinen Riss im Teig sah er den Teil eines Zettels herauslugen. Mit zwei Fingern dehnte er den Riss weiter auf und fischte ein eingerolltes Stück Papier heraus.

»Was machen Sie da?«, fragte die Frau entsetzt und trat so nah an Alexander Toth heran, dass sie ihm über die Schulter blicken konnte.

Behutsam rollte Toth das mit Fettflecken übersäte Papier aus und las halblaut vor, was drauf geschrieben stand. »Keine Polizei, sonst erfährt jeder, wer er wirklich war.«

Dienstag, 12.51 Uhr

Er schlug wie ein orangener Blitz direkt vor Toths Füßen ein. Die rüstige Frau am anderen Ende des Nordic-Walking-Stocks dürfte den Umgang damit nicht gewohnt sein. Sie gehörte offenbar zu einer Gruppe Hobby-Sportlerinnen, die eine der offiziell ausgeschilderten Laufstrecken am Wiener Zentralfriedhof für ihre Mittagsrunde auserkoren hatte und nun rhythmisch schnaufend an Alexander Toth vorbeistapfte.

»Es tut mir leid. Ist mein erstes Mal«, sagte die Nordic-Walking-Frau verlegen, als sie ihren misslungenen Stockeinsatz bemerkte. Ihre verschwitzten, rötlich gefärbten Haare hatte sie unter ein pinkes Stirnband gesteckt.

»Nichts passiert, sollte mich auch wieder mehr bewegen«, antwortete Toth und wandte sich seiner eigentlichen Gesprächspartnerin zu.

Die Frau aus dem Mausoleum war immer noch blass. Die Blätter der Ahornbäume, die in der Herbstsonne in einem kräftigen Rot glänzten, waren ein krasser Kontrast zu ihrer kreidebleichen Gesichtsfarbe. Alexander Toth hatte der sichtlich geschockten Frau den Platz auf der verwitterten Parkbank direkt neben dem Mausoleum angeboten, um sich nach der mysteriösen Botschaft aus dem Teigtascherl ein wenig zu beruhigen.

»Ein Schluck Wasser vielleicht?«, fragte Toth vorsichtig und reichte ihr eine leere Grabkerzenhülle, die er in Ermangelung eines Glases auf die Schnelle an einem der

Hähne, die normalerweise für Gießkannen bereitstanden, gefüllt hatte.

»Danke, nein. Es geht schon wieder«, antwortete die Frau und rümpfte mit Blick auf das ungewöhnliche Wasserglas die Nase.

»Sind Sie sicher? Der Herr Boulanger ist Ihnen wohl sehr nahegestanden«, setzte Toth nach und ärgerte sich selbst über seine journalistische Neugierde. Er konnte sie nach wie vor nicht ganz abschütteln.

»Sehr nahe sogar. Er war mein Mann«, sagte die Frau, während sie ihren schwarzen Hosenanzug zurechtzupfte. »Darf ich fragen, wer das wissen will? Wer sind Sie überhaupt?«

»Verzeihung, ich habe mich noch nicht vorgestellt. Alexander Toth ist mein Name«, sagte Toth und streckte ihr seine Hand entgegen. »Ich bin Bestatter am Zentralfriedhof und habe Ihren Schrei gehört. Da wollte ich schauen, was los ist.«

»Passender Name für einen Friedhofsmitarbeiter. Ich bin Patricia Boulanger, die Witwe«, antwortete sie kühl. Toth empfand ihren Händedruck als recht kräftig für eine so zierliche Person.

»Mein herzliches Beileid«, sagte Toth und setzte dabei einen möglichst mitleidigen Gesichtsausdruck auf. Im Hintergrund zwitscherte ein Rotkehlchen ein fröhliches Lied und lockerte die schwere Stimmung ein wenig auf. Das Vöglein hatte den Abflug in Richtung Süden aufgrund der warmen Wiener Witterung wohl ein wenig nach hinten verschoben.

»Es geht mich ja nichts an, aber haben Sie eine Idee, wer die Urne Ihres Mannes mitgenommen und stattdessen das Teigtascherl im Mausoleum platziert haben könnte?«, fragte Toth vorsichtig. Er konnte es nicht lassen. Zumindest konnte er sich einreden, dass er als Friedhofsmitarbeiter an einer gestohlenen Urne durchaus Interesse zeigen durfte.

»Sie haben völlig recht. Es geht Sie nichts an«, blaffte Patricia Boulanger und war im Begriff aufzustehen. »Die Polizei schalte ich jedenfalls nicht ein. Und Sie auch nicht. Verstanden? Wir Boulangers regeln so etwas selbst«, fügte sie hinzu.

»Wie Sie meinen. Ist Ihre Urne und Ihr Mann«, sagte Toth trocken und war insgeheim froh, nicht schon wieder in einen Kriminalfall hineingezogen zu werden.

»Au revoir«, sagte Patricia Boulanger, warf ihre dunkle Lederhandtasche über die Schulter, streckte Toth die Hand entgegen und drückte kräftig zu. Der Bestatter hatte das Gefühl, einer professionellen Armdrückerin die Hand zu schütteln.

»Auf Wiedersehen«, konnte Toth gerade noch antworten, da hatte die Witwe ihm bereits den Rücken zugewandt und stöckelte davon. Alexander Toth beobachtete, wie sie mit ihren hohen Schuhen sichtlich Schwierigkeiten hatte, auf dem schmalen Kiesweg einen sicheren Abgang hinzulegen und konnte sich ein Schmunzeln nicht verkneifen. Sie ging zum wenige Meter entfernten Mausoleum, schaute sich noch einmal kurz um und verschloss dann die massive, blickdichte Tür.

Vor dem Eingang des Mausoleums, von dem sich Patricia Boulanger nun entfernte, standen immer noch ein paar Kerzen. Ein kleiner verträumter Engel aus hellem Stein blickte andächtig in den strahlend blauen Herbsthimmel. Daneben lag ein verblühter Blumenstrauß, mit einer schwarzen Schleife daran, auf der mit weißen Buchstaben etwas geschrieben stand. »Deine Zuckerbäckerin«, meinte Toth trotz des grellen Lichts lesen zu können.

Patricia Boulanger hatte mittlerweile den asphaltierten, breiten Hauptweg in Richtung Tor 2 erreicht, dem berühmtesten Ein- und Ausgang des Zentralfriedhofs an der Simmeringer Hauptstraße. Ihr Gang wirkte nun wieder deutlich sicherer und schneller. Als Toth die Gestalt sah, die vor Patricia auftauchte, verschlechterte sich seine Laune schlagartig.

Was macht der schon wieder da? Hat der in seinem Büro nicht genug zu tun, ging es Toth durch den Kopf, als er den sportlichen Mann im dunkelblauen Slimfit-Anzug sah. Der Mann stolzierte zwischen den Grabreihen umher, als wären sie eine Verlängerung der New Yorker Fashionweek. Über den Maßlederschuhen trug er dünne, hellblaue Gamaschen aus Plastik. Toth hatte solche einmal als junger Journalist bei Dreharbeiten für eine Osterhasen-Reportage in einer Schokoladenfabrik tragen müssen. Es gab nur einen, der sich am Zentralfriedhof so kleidete, und sein Name war Kurt Sauprigl.

Alexander Toth beobachtete, wie sich die Wege von Patricia Boulanger und Kurt Sauprigl kreuzten. Die beiden begrüßten sich mit einer flüchtigen Umarmung. Sie wechselten einige Worte, die Toth nicht verstehen konnte, um sich kurz darauf wieder so zu verabschieden, wie sie sich wenige Augenblicke davor begrüßt hatten. Ein Small-Talk-Quickie zwischen drei Millionen Toten.

Alexander Toth sprang von der Parkbank auf und war im Begriff, hinter der weitläufigen Arkadengruft zu verschwinden. Er wollte eine Begegnung unbedingt vermeiden. Doch es war zu spät. Sauprigl hatte ihn entdeckt und kam schnellen Schrittes auf ihn zu.

Toth entschied, auf der Parkbank sitzen zu bleiben, die Augen zu schließen und so zu tun, als würde er die Mittagspause in der Sonne genießen. Vielleicht würde Sauprigl die gesetzlich vorgeschriebene Ruhepause des Bestatters respektieren und ihn in Ruhe lassen. Doch kaum hatte er diesen Wunsch formuliert, wusste er, dass er nicht Wirklichkeit werden würde. Das Licht, das durch seine geschlossenen Augenlider fiel, brach abrupt ab. Dunkelheit breitete sich aus. Toth öffnete die Augen. Sauprigl hatte sich vor die Sonne geschoben und über ihm aufgebaut.

»Die Mittagspause ist vorbei, Toth«, sagte er mit einem Blick auf seine silberne Rolex, die er am linken Handgelenk trug. »Du wirst hier nicht fürs Ausruhen bezahlt.« Noch bevor Toth etwas entgegnen konnte, zischte er bedrohlich: »Ich lass dich nicht aus den Augen. Was du mir angetan hast, gebe ich dir doppelt zurück. Du hast mich auf diesen verdammten Friedhof gebracht, aber Ruhestätte wird das hier keine für dich.«

Alexander Toth ließ die Standpauke regungslos über sich ergehen. Doch er merkte, wie die Wut in ihm aufkochte. Hätte er jetzt einen Nordic-Walking-Stock bei der Hand, er würde sein Ziel nicht verfehlen.

Dienstag, 15.38 Uhr

Er schaute kurz in sein schmerzverzerrtes Gesicht und schlug ihm dann etwas fester als beabsichtigt mit einem lauten Quietschen die Tür vor der Nase zu. Alexander Toth war zwar nicht religiös, aber er hatte dennoch immer ein wenig Mitleid mit den Jesus-Figuren, die hinter den Traueraltären in jeder Halle des Zentralfriedhofs hingen. Aus einem dunklen Holzkasten heraus verfolgten sie mit leidendem Blick die Trauerfeiern. Diesmal jedoch durfte Jesus nicht zuschauen. Es war der einzige Wunsch jenes Mannes gewesen, dessen Mutter Toth in einer Urne auf dem dafür vorgesehenen Sockel platziert hatte. Es war die billigste Urne, die die Bestattung Wien im Angebot hatte.

»Wissen Sie, meine Mama hat nach der dritten Scheidung den Glauben an Gott verloren. Sie hatte einen Grant auf alle Männer. Auch auf den da oben«, hatte der Sohn im Beratungsgespräch erzählt und darum gebeten, Jesus von der Feier auszuschließen.

Bis auf das Wegschließen der Figur hatte Alexander Toth für die Trauerfeier der 93-jährig verstorbenen, ehemaligen Würstelstand-Betreiberin nicht viel zu tun. Keine Blumen. Keine Partezettel. Kein schwarz umrahmtes Foto. Es war eine Billig-Bestattung, wie sie Toth und seine Kollegen derzeit öfter ausrichten mussten. Der Tod kostet nämlich nicht nur das Leben, sondern in Wien auch jede Menge Geld. Und das konnten viele in Zeiten der Rekord-Teuerung nicht mehr aufbringen, weshalb es am Zentralfriedhof noch ruhiger zuging als es ohnehin schon war.

Etwas mehr als zwanzig Minuten hatte Toth, bis seine letzte Trauerfeier des Tages losging. Er ärgerte sich noch immer über diesen präpotenten Sauprigl und spürte, wie das Blut dabei in sein blasses Gesicht stieg. Das Gefühl löste sich jedoch auf, als ein blonder Lockenkopf bei der Tür hereinschaute.

»Wie gewünscht: Käse-Leberkäs mit Senf und Ketchup. So wie du es am liebsten magst«, sagte Marie-Theres und streckte ihm die Semmel hin, die in weißes Feinkostpapier gewickelt war.

»Dich schickt der Himmel«, sagte Toth, blickte kurz zu dem versteckten Jesus und strahlte seine Kollegin an, die ihre schwarze Arbeitskluft bereits abgelegt hatte und in engen Jeans und einem gelben Pullover steckte. An ihrem schlanken Handgelenk fiel Toth zum ersten Mal ein dünnes türkises Armband auf, an dem ein kleines silbernes Herz hing. Hatte sie sich das selbst gekauft? Oder hatte es ihr jemand geschenkt? Toth traute sich nicht zu fragen.

»Ich kann meinen Kommissar ja nicht verhungern lassen, jetzt wo wir endlich wieder einen neuen Fall haben«, antwortete Marie-Theres. Ihre Stimme füllte die leere Halle.

»Fängt das schon wieder an.« Toth verdrehte die Augen. »Ich hätte dir nichts von dieser verschwundenen Urne und der Frau Boulanger erzählen sollen. Ich habe es im selben Moment bereut, als ich das Handy weggesteckt habe«, sagte er und biss herzhaft in die Semmel, aus der die rot-gelbe Sauce herausquoll.

»Toth, ich weiß, warum du es mir erzählt hast«, sagte Marie-Theres. »Weil du insgeheim selbst wissen willst, was hinter der mysteriösen Botschaft in diesem Teigtascherl steckt. Jetzt tu nicht so.« Sie schnappte sich einen der Stühle, die für die Trauergäste aufgestellt worden waren, und setzte sich verkehrt herum darauf. »Ich mein, wer stiehlt eine Urne? Allein das ist schon spannend«, setzte sie fort und strich sich eine blonde Strähne aus dem Gesicht.

»Das kann einfach ein dummer Streich sein. Außerdem ist es nicht das erste Mal, dass eine Urne verschwindet«, antwortete Toth und sprach dabei mit vollem Mund. Der Hunger war zu groß.

»Was, echt?«, fragte Marie-Theres neugierig.

»Ein ehemaliger Bestatter, der mich auf den Gedanken gebracht hat, hier zu arbeiten, hat das schon einmal erlebt«, erzählte Toth. »Damals ist eine Urne sogar mehrmals ausgegraben und dann wieder zurückgebracht worden.« Noch bevor er fertiggesprochen hatte, stopfte er sich das letzte Stück seiner Leberkässemmel in den Mund.

»Wer tut sowas?«, fragte Marie-Theres.

»Die Bestattung hat damals einen Detektiv engagiert, der sich in der Nacht auf die Lauer gelegt hat. Er hat die Ehefrau des Verstorbenen auf frischer Tat ertappt«, sagte Toth und wischte sich ein paar Brösel vom Mund.

»Und warum hat sie das gemacht?«

»Sie wollte kontrollieren, ob er wirklich tot war. Er hat sie ziemlich schlecht behandelt. Also kam sie regelmäßig her und ging auf Nummer sicher«, sagte Toth und klopfte sich mit dem Zeigefinger gegen die Stirn.

»Das ist echt arg«, antwortete Marie-Theres und rutschte auf dem Sessel hin und her. »Vielleicht stecken hinter unserem Diebstahl auch große Gefühle. Liebe? Oder Hass?«, fügte sie hinzu.

»Das ist nicht unser Diebstahl«, antwortete Toth hörbar entnervt.

»Und was ist, wenn hinter dem Ganzen ein neuer Teigtascherl-Skandal steckt?«, schoss Marie-Theres die nächste Frage nach.

»Geh bitte, Marie-Theres. Der Boulanger war nie in diese ganze Geschichte verwickelt. Außerdem ist das fünf Jahre her, seit die illegalen Fabriken ausgehoben wurden«, antwortete Toth und blickte auf seine Uhr. Toth hatte in seiner Journalistenzeit nie selbst in diesen Fällen recherchiert, kannte sie aber aus den Medien. Damals flogen in Wien mehrere illegale Teigtascherl-Fabriken auf, in denen Menschen ohne Arbeitserlaubnis in dreckigen Privatwohnungen vor allem Dim-Sum produzierten. Im Laufe der Jahre wurden mehrere solcher Produktionsstätten aufgedeckt. Mittlerweile hatte der »Wiener Teigtascherlskandal« sogar eine eigene Wikipedia-Seite.

»Bitte hör auf, dir was zusammenzureimen. Danke nochmal für die Stärkung, aber ich muss jetzt was tun. Ihr Sohn sollte in Kürze da sein«, setzte Toth fort und zeigte auf die graue Urne, die wie eine stumme Zeugin noch immer mitten in der Halle stand.

»Zusammenreimen? Schon klar«, antwortete die Sargträgerin mit hörbarem Ärger in der Stimme. »So wie letztes Jahr, wo ich mir bei dem alten Pointner im Rollstuhl auch alles zusammengereimt hab, stimmts? Und am Ende wars ein Mord.«

Klack. Klack. Klack. Ein monotones Geräusch unterbrach das Gespräch zwischen Toth und Marie-Theres. Sie kannten es nur zu gut. Wenn Bärbel Hansen im Anmarsch war, machte sich das stets durch ihre hohen Absätze bemerkbar, noch bevor die resolute Deutsche zu sehen war. Die ehemalige Personalleiterin eines großen Wurstfabrikanten aus Norddeutschland war die Chefin der Bestattung und hatte eine Art Superkraft, immer zum ungünstigsten Zeitpunkt irgendwo aufzukreuzen.

»Wenn ihr beide in einem Raum seid, heißt das nichts Gutes. Heckt ihr schon wieder irgendetwas aus?«, fragte die Frau, die ihre dunklen Haare wie immer zu einem Dutt gebunden hatte.

»Chefin, Sie wissen, ich habe es Ihnen versprochen«, entgegnete Toth hastig. »Keine Ermittlungen mehr. Marie-Theres war nur so lieb und hat mir was zum Essen vorbeigebracht. Ich wäre fast gestorben vor Hunger.«

»So schnell stirbt man nicht. Und wenn, könnten Sie sich keinen besseren Platz dafür aussuchen«, antwortete Hansen, die sich offenbar schon ein wenig schwarzen Wiener Humor angeeignet hatte, trocken. »Und jetzt zurück an die Arbeit, Toth. Damit Sie nicht auf dumme Gedanken kommen und hier wieder Detektiv spielen. Übrigens, Sie haben da was«, setzte die Chefin fort und fuhr sich mit dem Finger in ihren rechten Mundwinkel. »Auf Wiedersehen! Und Frau Ehrenfels, Sie gehen jetzt auch nach Hause. Nach Dienstschluss haben Sie hier nichts mehr verloren. Abmarsch«, sagte sie und wies Marie-Theres den Weg Richtung Ausgang.

Toth wischte sich ein Brösel aus seinem Dreitagebart und wandte sich wieder dem versteckten Jesus und der Billig-Urne zu.

Dienstag, 19.16 Uhr

Toth hätte beinahe den Wecker nach ihr stellen können. Pünktlich um Viertel sieben am Abend begann Karla Kolumna wie ein kleiner Rasenmäher zu schnurren und zwischen den Beinen ihres menschlichen Dosenöffners hin- und herzustreifen. Einmal von links, einmal von rechts. Die weiße Katze mit schwarz umrandeten Augen vollführte diesen Slalom wohl mit dem Ziel, ihr Abendessen möglichst rasch serviert zu bekommen. Denn Alexander Toth hatte es gewagt, Nudelwasser für Pesto-Spaghetti aufzusetzen, bevor er der alten Dame eine überteuerte Lachs-Thunfisch-Shrimps-Mischung kredenzte. Das Billig-Futter aus dem Supermarkt lehnte die Katze, die Toth während eines Bauernhof-Urlaubs zugelaufen war, kategorisch ab. So würde es heute wenigstens ein schmackhaftes Abendessen geben.

Der Bestatter, der seinen schwarzen Talar mittlerweile gegen ein weißes T-Shirt und eine bequeme Jogginghose getauscht hatte, öffnete mit einem Klick die metallene Dose und kratze den Inhalt mit einer Gabel in Karlas beige Futterschüssel, auf deren Boden ein Pfoten-Abdruck abgebildet war. Als er sich hinunterbeugte, um seiner Chefin auf vier Pfoten die fischige Melange zu servieren, quittierte sie es mit einem zufriedenen Maunzen. Er hörte, wie sein Handy vibrierte. Doch er kam nicht dazu, auf das Display zu schauen.

Das kochende Nudelwasser war übergelaufen und auf die heiße Herdplatte geflossen.

»Verdammt!«, fluchte Toth, als sich noch ein weiteres Geräusch in seine karg eingerichtete Zweizimmer-Wohnung in Ottakring mischte. Es läutete an der Tür. Direkt an der Wohnungstür. Nicht an der Gegensprechanlage. Er erwartete keinen Besuch heute Abend. Hatte er wieder Mal ein Paket bestellt und darauf vergessen? Aber welcher Paketbote kam so spät?

Toth drehte seinen Elektroherd auf die Stufe Null zurück, hechtete in Richtung Wohnungstür und betrachtete sich selbst kurz im Vorzimmerspiegel. Möglicherweise stattete ihm Marie-Theres einen Überraschungsbesuch ab? Er traute ihr zu, ihn zu dieser Stunde daheim aufzusuchen, nur um ihn zu überzeugen, der Sache mit der gestohlenen Urne nachzugehen.

Als er die schwere, dunkelblaue Sicherheitstüre öffnete, traute er seinen Augen nicht. Im grellen Licht des Stiegenhauses stand tatsächlich sie. Toths Herz blieb für einen Moment lang stehen. Wie lange hatte er sie nicht mehr gesehen? Er spürte das wohlig warme Gefühl in seinem Magen, das ihn bereits überkommen hatte, als er sie zum ersten Mal sah. Seine große Liebe. Die eine, die für immer halten sollte.

»Sorry, Alex, dass ich so spät reinplatze«, unterbrach sie seine Gedanken. »Ich hatte noch einen Schlüssel für die Haustüre unten. Darf ich reinkommen? Es ist wirklich wichtig.« Sie trug einen hellbeigen Trenchcoat und hatte ihre glänzenden kastanienbraunen Haare zu einem Rossschwanz gebunden. Es kam Toth vor, als hätte sie sich nicht verändert, seit er sie zum letzten Mal gesehen hatte. Als wäre kein einziger Tag vergangen, wo es doch Jahre gewesen waren.

»Äh ... Sophie ...« Er brachte gerade noch ihren Namen heraus. »Mit dir habe ich ehrlich nicht gerechnet. Nach so langer Zeit«, stotterte der sonst so wortgewandte Toth und fuhr sich mit der Hand durch sein rotes Haar.

»Es ist wirklich wichtig. Du kannst mir glauben. Ich habe mir hundert Mal überlegt, ob ich kommen soll«, sagte Sophie.

Toth wippte nervös von einem Fuß auf den anderen und merkte, wie Hitze ihn ihm aufstieg. Jetzt nur nicht rot werden, dachte er. »Na, da bin ich sehr gespannt, was so wichtig ist«, antwortete er.

»Also darf ich reinkommen?«, fragte Sophie mit sanfter Stimme.

»Wo du schon mal da bist ... Ich mache gerade was zu essen. Hast du Hunger?«, fragte Toth.

»Du kochst? Das ist ja ganz was Neues.« Sophie lächelte ihn an. »Ein Abendessen könnte ich gut vertragen. Ich habe nach dem Schock heute noch gar nichts gegessen.« Sie folgte Toth auf ihren dunkelblauen Highheels in die Wohnung und legte ihre sündteuer wirkende, auf die Schuhe abgestimmte Lederhandtasche auf der Kommode im Vorzimmer ab.

Als Toth den Topf mit Nudelwasser ansteuerte, spürte er, wie ihm immer heißer und heißer wurde. Wann war Sophie das letzte Mal in seiner Wohnung gewesen? Es musste kurz vor ihrer Trennung gewesen sein. Nach der letzten, gescheiterten Aussprache. War es auch das letzte Mal gewesen, dass er geweint hatte? Als ihm klar wurde, dass es aus war? Dass sie beide sich zu sehr in unterschiedliche Richtungen entfernt hatten? Sophie, die Karrierefrau. Toth, der das Leben genießen wollte.

»Es geht um meine Stiefmutter«, sagte Sophie und riss Toth damit aus seinen Gedanken.

»Kenne ich nicht«, sagte Toth. »Du hast mir ja nie etwas von deiner Familie erzählt, geschweige denn mich irgendwann vorgestellt«, fügte er hinzu.

Sophie entging der vorwurfsvolle Ton nicht. »Alex, du weißt, ich habe mit meiner Familie kaum was zu tun. Ich konnte mit deren Leben nie etwas anfangen und ich wollte dich da nicht mit hineinziehen«, sagte Sophie und nahm auf einem der Stühle an Toths hölzernem Esstisch Platz, auf dem jede Menge Werbeprospekte und andere Unterlagen ausgebreitet waren.

»Du hast mich vor deiner Familie versteckt, Sophie. Verheimlicht. Wie einen flüchtigen Liebhaber«, stellte Toth klar.

»Ich weiß, Alex. Es tut mir leid. Ich hoffe, dass du mir das irgendwann verzeihen kannst.« Sie klang aufrichtig. Toth schwieg. »Jetzt aber brauche ich deine Hilfe.«

»Was ist mit deiner Stiefmutter? Wer ist sie überhaupt?« Toth versuchte, die Frage möglichst desinteressiert klingen zu lassen.

»Patricia Boulanger«, antworte Sophie Bäcker.

Toth brauchte ein wenig, bis die Information bei ihm ankam. Nur das Schmatzen von Karla Kolumna unterbrach die Totenstille im Wohnzimmer. Alexander Toth legte den Kochlöffel, mit dem er die Spaghetti umrührte, zur Seite. »Patricia Boulanger, die Witwe des Teigtascherl-Titans François Boulanger, ist deine Stiefmutter?«

Sophie seufzte. »Ja, das ist sie. Und sie hat heute alle Familienmitglieder zusammengetrommelt, um uns von einem unfassbaren Diebstahl zu erzählen.«

»Die Urne«, sagte Toth trocken.

»Woher weißt du das?«, fragte Sophie erstaunt.

»Ich arbeite zwar nicht mehr als Journalist, bin aber immer noch gut informiert«, antwortete der Bestatter stolz. »Parmesan?«, fügte Toth hinzu.

»Nein, danke. Ich esse noch immer keinen Käse«, antwortete Sophie und verdrehte etwas die Augen. »Ich hatte nie die beste Beziehung zu meinem Vater. Aber er hat es nicht verdient, dass jemand seine Urne stiehlt«, sagte Sophie. Toth bemerkte, dass sich ein leichtes Zittern in ihre Stimme geschlichen hatte.

»Wieso kommst du ausgerechnet zu mir?«, fragte Toth, obwohl er die Antwort ahnte.

»Ich habe dich letztes Jahr in dem Fernsehbeitrag gesehen, als du den Mörder dieses alten Mannes im Rollstuhl überführt hast. Dabei habe ich erfahren, dass du jetzt als Bestatter arbeitest. Da wusste ich, dass ich zu dir muss«, sagte Sophie und wischte sich mit dem Handrücken über ihre geschminkten Augen.

Toth versuchte, seine Gefühle beiseitezuschieben und sich auf die Fakten zu konzentrieren. Wie früher, bei einer seiner großen Recherchen. »Zufällig war ich heute in dem Mausoleum deines Vaters. Ich kann dir so viel sagen, Sophie: Es gab keine Einbruchsspuren. Die Urne muss jemand genommen haben, der einen Schlüssel besitzt.«

»Das ist ja das Problem«, antwortete Toths Ex-Freundin. »Einen Schlüssel haben nur die Familienmitglieder.«

Alexander Toth drehte Sophie den Rücken zu und schüttete die gekochte Pasta in ein Nudelsieb. Danach verteilte er die Spaghetti etwas ungeschickt auf zwei weiße, tiefe Teller. Mit einem lauten Plopp öffnete er ein rotes Fertig-Pesto, holte mit einem Kaffeelöffel etwas davon heraus und mischte es unter die dampfenden Nudeln. »Buon Appetito«, sagte Toth, als er seinem Überraschungsgast das Abendessen servierte.

»Danke, Alex. Schaut lecker aus«, sagte Sophie. Toth wusste, dass sie das nicht ernst meinte. »Ich verstehe nicht, warum jemand eine Urne stiehlt? Mein Vater war nicht überall beliebt, aber wer stiehlt einen Toten? Ich habe die Urne nur an dem Tag gesehen, als wir ihn im Mausoleum beigesetzt haben. Ich habe dir schon ein Foto davon auf WhatsApp geschickt. Vielleicht kannst du etwas damit anfangen. Deine Nummer habe ich ja noch«, sagte Sophie und wickelte geschickt mit einer Gabel ein paar Pesto-Nudeln auf.

»Sophie, ich bin kein Ermittler«, sagte Toth, während er sich mit der Gabel abmühte und einen Löffel zu Hilfe nehmen musste. »Und auch kein Journalist mehr. Ich bin Bestatter. Jetzt fang du nicht auch so an.«

»Wieso auch?«, fragte Sophie neugierig.

»Egal«, antwortete Toth, musste aber lächeln.

»Bitte, Alex, du musst mir helfen. Meine Familie will nicht, dass die Sache in die Medien kommt. Nur meine Stiefmutter, mein Bruder, meine Halbschwester und ich hatten Schlüssel zum Mausoleum. Wenn also nicht eingebrochen wurde ...«

Sophie beendete den Satz nicht. Toth wusste, was sie sagen wollte: Der Dieb musste jemand sein, der zur Familie gehörte.

»Ich weiß nicht, an wen ich mich sonst wenden kann. Kannst du das für mich tun?« Sophie blickte ihm in die Augen und Toth musste sich anstrengen, um den Kopf nicht wegzudrehen. »Der alten Zeiten willen.«

Alexander Toth hielt Sophies Blick stand und nahm einen Schluck vom billigen Rotwein, den er aufgetischt hatte. »Weißt du, wer François Boulanger wirklich war?«, fragte er.

Der ehemalige Journalist kannte seine Ex-Freundin so gut, dass er gleich merkte, wie überrascht sie von der Frage war. Ihre Stiefmutter hatte ihr also nichts von der mysteriösen Botschaft in der Teigtasche erzählt, sondern nur vom Diebstahl der Urne.

Nachdem sie einige Momente zögerte und nach Worten suchte, antwortete Sophie: »Ich weiß nur eines: Mein Vater war ein komplizierter Mann.« Kaum hatte Sophie den Satz zu Ende gesprochen, wurde das unfreiwillig romantische Dinner gesprengt. Von einer älteren Dame. Karla Kolumna war mit einem Satz auf den Tisch gesprungen, platzierte sich direkt vor Sophie und fauchte sie an.

»Ah. Die hast du immer noch.« Sophie rückte mit ihrem Stuhl etwas vom Tisch zurück.

»Ja«, antwortete Toth und musste ein Lachen unterdrücken. »Und sie kann dich offensichtlich immer noch nicht leiden.« Er kraulte den Kopf seiner Katze.

Sophies Handy läutete. Sie warf einen kurzen Blick darauf und erschrak. »Schon so spät! Ich muss los. Die Arbeit ruft.«

Sophie stand auf und machte sich auf den Weg Richtung Vorzimmer. Als sie bereits ihren Trenchcoat angezogen hatte und im Türrahmen stand, drehte sie sich noch einmal um.

»Kannst du den Fall übernehmen, Alex?« In ihrer Stimme lag ein Ton, den Toth noch nie an ihr gehört hatte. Sie flehte. »Ich bitte dich.«

»Lass mich drüber nachdenken«, sagte Alexander Toth und machte im Stiegenhaus Licht.

Sophie hob ihre Hand und strich Toth sanft über die Schulter. Der Bestatter fühlte, wie sich die Härchen seines Arms aufstellten.

»Ich konnte mich immer auf dich verlassen.« Bevor Toth einen weiteren Gedanken fassen konnte, fauchte seine aktuelle Partnerin laut neben seinem Bein.

»Alles gut, Karla«, sagte Toth beruhigend. »Sie ist schon weg.«

Er schloss nachdenklich die Tür.

Sie war meine erste und wohl auch meine größte Liebe. Mon amour! Ihre Schönheit. Ihr betörender Geruch. Ihr Temperament. Ich weiß nicht, womit sie mich am meisten in ihren Bann gezogen hat. Kaum hatte ich sie das erste Mal gesehen, war es um mich geschehen. Ich war damals noch ein junger Mann und sie bereits eine reife Dame. Eine feine Dame, die einem angehenden Koch, der auf der Suche nach sich selbst und den perfekten Rezepten war, unglaublich viel beizubringen hatte. Ihr Boeuf Bourguignon war eine echte Sensation. Aus einfachem, rohem Gemüse zauberte sie eine Ratatouille, die einem das Wasser im Mund zusammenlaufen ließ. Und dann diese Aumônière.

Ich erinnere mich, als wäre es gestern gewesen, als ich den ersten Bissen davon kostete. Ihr Geschmack war so betörend, das er mich bis zu meinem letzten Atemzug nicht losgelassen hat. Auch wenn ich dich zuletzt nicht mehr besuchen konnte, meine Liebe, du bist bei mir. Du umhüllst mich. Oder das, was noch von mir übrig ist. Merci, Paris!

Mittwoch, 7.02 Uhr

Es klang wie ein Bienenschwarm, der sich direkt über ihren Köpfen zum letzten Ausflug des Jahres versammelte. Tatsächlich kam das laute Surren aus dem Beamer, der an der Decke des nüchtern eingerichteten Konferenzraumes im ersten Stock der gläsernen Bestattungszentrale hing. *Die Lüftungsschlitze des Geräts gehören wieder einmal gereinigt*, dachte Toth, als er sich auf den letzten freien Platz setzte, den Marie-Theres für ihn reserviert hatte. Sie saßen in der hintersten der fünf Sesselreihen, die für das frühmorgendliche Meeting aufgestellt worden waren.

Kurt Sauprigl hatte um sieben Uhr zu einem Briefing geladen. Wie fast täglich in den vergangenen drei Wochen. Es waren nur noch vier Tage bis zur großen Jubiläumsfeier für den Zentralfriedhof. Viel zu sagen hatte er bei diesen Terminen, in denen er die gesamte Bestattungsmannschaft antanzen ließ, nicht. Schließlich hatte er das allermeiste selbst delegiert und das Programm festgelegt. Das Catering war bestellt und auch die Bühnenfirma hatte bereits mit dem Aufbau begonnen. Es ging ihm wohl mehr um eine Machtdemonstration und darum, zum hundertsten Mal zu erwähnen, welche Ehrengäste am Sonntag erscheinen würden.

Der hellgraue Slimfit-Anzug, den Sauprigl trug, saß wieder einmal besonders eng. Als er sich bückte, um sein MacBook an den Strom anzuschließen, meisterten die Nähte der sündteuren Maßhose eine wahre Bewährungsprobe. Sie hielten.

»Schon einmal was von Pünktlichkeit gehört?«, fragte Kurt Sauprigl, als sich Toth setzte. Er fuhr sich mit seiner rechten Hand durch die Haare, obwohl bei der Menge an Haargel, die er benutzte, kein Haar wagen würde, abzustehen. Sauprigl erwartete offenbar gar keine Antwort und fuhr fort: »Hauptsache, du bist am Sonntag pünktlich. Da habe ich für dich eine ganz spezielle Aufgabe, Toth.«

Die gesamte Belegschaft drehte sich zu Alexander Toth um und sah ihn fragend an. Er selbst konnte nur mit den Schultern zucken. Er hatte keine Ahnung, worauf Sauprigl anspielte. Er wollte es auch gar nicht wissen.

»Meine Herrschaften, Sie wissen, wie wichtig dieser Sonntag für uns alle ist. Deshalb gehen wir jetzt noch einmal alles ganz genau durch.« Sauprigl hatte seinen Laptop bereits mit dem Beamer verbunden und war offenbar dabei, jene Powerpoint-Präsentation zu starten, die Toth und seine Kollegen bereits auswendig kannten.

Doch statt eines verschwommenen Fotos der Halle 2 von außen, das Sauprigl aus unerfindlichen Gründen als Startbild für seine Präsentation ausgewählt hatte, poppte etwas anderes auf. Toth erkannte binnen Millisekunden, was es war. Er hatte dieses Video bereits hunderte Male gesehen.

Der gerade noch so lässig agierende Sauprigl wirkte mit einem Schlag aufgebracht und nervös. Wild schlug er in die Tasten des MacBooks. So laut, dass das Surren des Beamers fast nicht mehr zu hören war. Vergeblich. Das Video lief weiter und die versammelte Bestattungsmannschaft verfolgte es mit offenem Mund. Die meisten von ihnen hatten es wohl schon einmal gesehen, allerdings noch nie mit den beiden Protagonisten im selben Raum.

Es war das Video eines Interviews, für das Alexander Toth einen seiner zahlreichen Journalistenpreise abgeräumt hatte und das später im Internet zu einem viralen Hit wurde. Über acht Millionen Mal wurde es bisher angeklickt und verschaffte dem Ex-Journalisten auch bei der jüngeren Zielgruppe, die ihn nicht aus dem Fernsehen kannte, eine gewisse Berühmtheit.

Toth hatte von einem Informanten Unterlagen zugespielt bekommen, die belegten, dass der Vizebürgermeister der Stadt Geld für private Zwecke abzweigte. Dieser Vizebürgermeister, der auch für das Karottenballett zuständig war, wie man die Müllabfuhr in Wien wegen ihrer orangen Dienstkleidung nannte, war Kurt Sauprigl.

Die 1,9 Millionen Euro waren eigentlich für neue Mistkübel geplant gewesen. Doch mit Scheinrechnungen und einer fingierten Firma eines befreundeten Unternehmers fanden rund 900.000 Euro davon den Weg in Sauprigls Tasche.

Er brauchte das Geld dem Vernehmen nach für die Scheidung von Frau Sauprigl-Baumann, seiner mittlerweile Ex-Gattin und gewieften Anwältin, die nicht nur ihren Mann, sondern auch dessen Namen hinter sich ließ, worüber sie angeblich nicht ganz unglücklich war.

Bei der Präsentation der neuen Müllkampagne der Stadt, zu der zahlreiche Fotografen und Kamerateams gekommen waren, konfrontierte Alexander Toth den damaligen Saubermann und Vizebürgermeister vor laufenden Kameras mit den Vorwürfen. Der Politiker, der sich vor seinen Auftritten stets von einer Maskenbildnerin schminken ließ, um auf Foto- und Videoaufnahmen bloß mit seinem Lächeln und nicht seinem Gesicht zu glänzen, leugnete zunächst, stotterte dann und verfiel schließlich, nachdem ihm Toth die Dokumente vorgelegt hatte, in tiefes Schweigen.

Statt zu Worten griff er nach einem Modell der neuen Mistkübel in futuristischem Design, die den Medien bei dem Termin präsentiert worden waren, und warf ihn Toth an den Kopf. Zack. Bumm.

Sauprigls Pressesprecher, der wie sein Zwillingsbruder aussah, versuchte noch, die Situation zu kalmieren und bat darum, diesen Gefühlsausbruch zu vergessen, doch es war zu spät. Es gab Fotos, Videos und jede Menge Zeugen. Es war das abrupte Ende eines mittlerweile legendären TV-Interviews und einer vielversprechenden Polit-Karriere.

»Sau-Prügel: Vizebürgermeister veruntreut Steuergeld und schlägt Journalisten« – war eine der Schlagzeilen, die über den Vorfall am nächsten Tag in den Zeitungen zu lesen war. Alexander Toths Mutter Dina hatte den Zeitungsausschnitt heute noch. Sie sammelte alle Berichte über ihren prominenten Sohn in einem eigenen Ordner.

Weil bei der Stadt, so wie in allen öffentlichen Einrichtungen, niemand einfach so fristlos entlassen wurde, suchte man für Kurt Sauprigl eine neue Aufgabe und fand sie am Wiener Zentralfriedhof. Er wurde offiziell zum »Abteilungsleiter Events« bei der Bestattung degradiert und war somit nun mit der Organisation der 150-Jahr-Feier betraut. Schwarz statt Orange. Black is the new Orange.

Kurz vor der mittlerweile legendären Mistkübel-Wurfszene zog Sauprigl den Stecker des Laptops und stoppte das Video. Sein Gesicht war rot angelaufen. Der Schweiß stand ihm auf der sonst so matten Stirn.

»Wer von euch war das?«, brüllte er und schlug mit der Faust auf den Tisch.

Niemand sagte etwas. Bärbel Hansen, die das ganze Meeting über still neben Sauprigl gesessen war, blickte in Toths Richtung und zog eine Augenbraue in die Höhe. Hätte Toth es nicht besser gewusst, er würde glauben, Hansen wäre amüsiert. Der Bestatter spürte, wie Nervosität in ihm aufstieg. Er hatte nichts mit dem Video auf Sauprigls Laptop zu tun. Aber er wusste, dass der ehemalige Politiker ihn als Ersten verdächtigen würde.

»Das Meeting ist für heute beendet. Und Toth, wir sprechen uns noch«, zischte Sauprigl, klappte den Laptop zusammen und rauschte aus dem Konferenzsaal.

»Wer von euch war das?«, fragte Marie-Theres in die Runde. Sie merkte offensichtlich, wie unangenehm Toth die ganze Situation war.

Stille. Toth hatte den dicken Karl im Verdacht. Ein Bestatter-Kollege, der ihn von seinem ersten Tag an hier nicht leiden konnte. Aber war er technisch so versiert, um heimlich ein Video auf Sauprigls Laptop zu laden? Wer auch immer es gewesen war: Er hatte damit dem

Event-Manager eins ausgewischt, und Toth gleich mit dazu.

»Feiglinge!«, blaffte Marie-Theres in den Raum, als die Kolleginnen und Kollegen nach und nach mit gesenktem Blick nach draußen eilten. Im Gesicht vom dicken Karl meinte Toth ein selbstherrliches Grinsen zu erkennen. Er lag wohl richtig mit seiner Vermutung. Wahrscheinlich hatte ihm jemand geholfen.

Als nur noch Alexander Toth und Marie-Theres im Raum waren, versuchte sie ihn zu trösten. »Vergiss ihn einfach. Der ist sowieso zu allen so ungut. Hast du schon mal mitbekommen, wie der mit der Hansen umspringt? Die lässt sich sonst von niemandem etwas sagen.«

»Ich versuch es«, antwortete Toth und versuchte es tatsächlich, indem er seinen Ärger mit einem lauten Schnaufen ausatmete. »Ach übrigens«, sagte er beiläufig, »wir ermitteln jetzt doch in dieser Urnen-Sache.«

Kaum hatten die Sätze seinen Mund verlassen, begann Marie-Theres zu strahlen und ihre blauen Augen zu leuchten. »Hah! Hab ich dich wieder überzeugt?«

Als Antwort grummelte Toth etwas Unverständliches in seinen hellroten Dreitagebart und blickte genervt hinauf zu dem immer noch surrenden Beamer.

Mittwoch, 8.47 Uhr

Es sah beinahe aus wie eine waghalsige Ballett-Figur, die Martha Pospischil vor ihrem kleinen Blumengeschäft neben dem Tor 2 vollführte. Auf Zehenspitzen stand die kleinwüchsige Blumenhändlerin, die von allen nur Meter genannt wurde, auf einem knallgelben Plastikstuhl und versuchte, das meiste aus ihren 111 Zentimetern Körpergröße rauszuholen, um ihr florales Meisterwerk fertigzustellen. Sie wirkte hochkonzentriert, als sie die letzten rosafarbenen Ranunkeln an der obersten Spitze des ungewöhnlichen Blumenschmucks befestigte.

»Spatzis verfolgen dich offenbar«, scherzte Toth, als er die Floristin samt dem rosaroten Prachtstück vor sich sah. Er hatte gerade die erste Trauerfeier des Tages abgewickelt und war zum Blumenstand gekommen, um einen Blumenschmuck für seinen nächsten Kunden abzuholen. Marie-Theres hatte ihn aus Neugierde begleitet. Sie wusste offenbar, dass es was zu sehen gab.

»Du warst auch schon mal lustiger, Toth«, antwortete die resolute Floristin mit der blonden Igelfrisur genervt und stieg vorsichtig vom Stuhl herunter.

Toth spielte mit seiner Bemerkung auf einen Running Gag am Zentralfriedhof an. Vor vielen Jahren hatte Meter einen Kranz in Form eines Herzes aus mehr als hundert roten Rosen gestaltet. Er war für das Begräbnis eines berühmten Physikers. Die Witwe des Mannes hatte für den Spruch auf der zartrosa Schleife Worte gewählt, die bei den Trauergästen für unvermutete Erheiterung in der Trauerhalle gesorgt hatten. Auf der einen Seite der Schleife stand: »Es war viel zu kurz«, auf der anderen: »Dein Spatzi«. So hatte der Verstorbene seine Liebste gern genannt.

»Ich such mir nicht aus, was sich deine Kunden wünschen«, sagte Meter und begutachtete prüfend den mannshohen Penis aus orangen, pinken und rosafarbenen Ranunkeln, den sie in stundenlanger Arbeit gestaltet hatte. An den Seiten hatte sie, wie bestellt, weiße Flügel montiert. Offenbar für den letzten Höhenflug. Oder Höhepunkt.

»Für einen Schauspieler«, sagte Toth achselzuckend.

»Na, seine Filme waren wohl nicht jugendfrei«, stellte Meter fest.

»Aber ist gut geworden«, meinte Toth und fügte hinzu: »Bisschen unhandlich.«

»Deshalb wollte ich auch, dass du ihn holst, du Scherzkübel«, antwortete Meter und rückte die Schleife am blumigen Phallus zurecht. »Wie ich sehe hast du Verstärkung mitgebracht. Gibt's euch jetzt nur noch im Doppelpack?«, fragte die Blumenhändlerin mit Blick auf Marie-Theres.

»Ich dachte, gemeinsam geht's leichter«, sagte Toth verlegen und war im Begriff, Hand anzulegen an das florale Meisterstück.

Marie-Theres interessierte sich offenbar weniger für den riesigen Blumenphallus als vielmehr für den Inhalt eines Regals, über dem auf einem neongrünen Schild in

Sternenform »Neu bei uns« stand. »Was ist denn das?«, fragte die Sargträgerin neugierig.

»Da schaust du, was?«, sagte Meter stolz. »Das ist derzeit der Verkaufsrenner. Unser neues Urban-Gardening-Set namens ›Pflanz dich‹.« Die Blumenhändlerin nahm die olivgrüne Korbtasche aus dem Fach, in deren Seitentaschen eine Blumenkelle, ein Unkrautstecher, eine Gartenschere sowie ein paar Gartenhandschuhe steckten.

»Seit man sich bei uns am Friedhof die Karotten nicht nur von unten, sondern auch von oben anschauen kann, verkauf ich dieses Zeug mehrmals pro Woche«, freute sich Meter.

Vor einigen Monaten hatte die Friedhofsverwaltung eine große freie Fläche am Zentralfriedhof in Gemüsebeete umwandeln lassen. Die 24 Quadratmeter großen Parzellen waren binnen kürzester Zeit vergriffen. Seitdem blühte das Leben auch am Friedhof in Form von Tomaten, Zucchini und Gurken.

»Eh gescheit. So kann man hier bei uns wenigstens auch mal was aus der Erde rausholen und nicht immer nur wen reinlegen«, sagte Marie-Theres und machte mit der Gartenschere ein paar Schnitte in der Luft.

Toth sah auf die Uhr und bekam Stress. Der Blumen-Penis musste schleunigst in die Halle 1. Er durfte nicht zu spät kommen. Sauprigl und Hansen hatten ihn ohnehin am Radar. Er wollte Marie-Theres schon auffordern, mitanzupacken, da stach ihm etwas ins Auge. Er hatte es schon einmal gesehen. Es war nicht lange her. Wo war das bloß gewesen?

»Wer hat denn den bestellt?«, fragte Toth und zeigte auf einen kleinen Strauß mit drei weißen Rosen, der auf Meters Arbeitstisch lag.

»Du meinst den hier?«, antwortete Meter und strich über die schwarze Schleife, die daran befestigt war.

»Ja, genau. Von wem sind die Blumen?«, hakte Toth nach.

»Den Journalisten kriegt man nie wieder raus aus dir, Toth, oder?«, antwortete Meter. Sie hob die drei Rosen vorsichtig in die Höhe, sodass der Schriftzug deutlich zu lesen war. »Deine Zuckerbäckerin« stand in weißer, geschwungener Schrift darauf.

»Die sind von einer älteren Dame. Die kommt jeden Tag und besucht das Mausoleum von dem Boulanger. Weißt eh, der Teigtascherl-Titan, wo bei seinem Begräbnis so ein Remmi-Demmi war«, sagte Meter.

»Und die kauft jeden Tag neue Blumen?«, mischte sich Marie-Theres in das Gespräch.

»Nicht jeden Tag, aber so zwei Mal in der Woche bestellt sie einen frischen Strauß und holt ihn ab. Gute Kundin«, erklärte Meter und legte die weißen Rosen wieder auf den Tisch. »Heute gegen 11 Uhr holt sie den hier, wenn euch das weiterhilft. Ich will ja gar nicht wissen, wo ihr da schon wieder dran seid.«

»Wie heißt die Frau denn?«, fragte Toth vorsichtig. Für die Frage erntete er einen finsteren Blick der Blumenhändlerin.

»Schon mal was von Datenschutz gehört? Das müsst ihr schon selbst rausfinden«, antwortete Meter.

»Denkst du, was ich denke?«, fragte Toth und blickte Marie-Theres in die Augen. Die Sargträgerin quittierte das Gesagte mit einem leichten Nicken.

»Dürfte ich mir das ausleihen, Meter?«, fragte Toth und nahm ein kleines Säckchen mit Bio-Salatsamen aus dem Regal.

»Ich schenk es dir sogar, Toth. Und jetzt nehmt bitte dieses Ungetüm mit und lasst mich weiterarbeiten. Allerheiligen steht vor der Tür«, sagte Meter und deutete auf einen Berg von Blumen, Zweigen und Schleifen, der sich rund um ihren Arbeitsplatz stapelte.

»Willst du auch mit dem Gärtnern beginnen?«, fragte Marie-Theres verwundert und packte am unteren Ende des delikaten Blumenschmucks zu.

Toth lächelte bloß und legte am anderen Ende Hand an.

Mittwoch, 11.07 Uhr

Der Wind musste aus Nordwest gekommen sein. Denn hauptsächlich bei dieser Windrichtung nahmen die Flugzeuge die Strecke direkt über die Stadt und damit auch über Simmering. Fast im Minutentakt donnerten die Flieger über das zweieinhalb Quadratkilometer große Areal des Zentralfriedhofs. Dessen Bewohnerinnen und Bewohnern war der regelmäßige Fluglärm egal. Ganz im Gegensatz zu den Anrainern rundherum, über die Toth als Journalist immer wieder berichtet hatte. Die Flugzeuge flogen in Simmering teilweise so tief, dass man meist mit freiem Auge die Fluglinie erkannte. Diesmal war es eine Lufthansa-Maschine mit dem Kranich-Logo, die über Toths und Marie-Theres' Köpfe hinwegflog und den nahegelegenen Flughafen in Wien-Schwechat ansteuerte.

Der Fluglärm war so laut, dass er beinahe die Totenglocken übertönte, die über den Friedhof hallten. Sie begleiteten einen kleinen Trauerzug aus rund zwanzig schwarz gekleideten Menschen, die hinter einem Sarg hergingen, der auf einem elektrischen Konduktwagen aufgebahrt war. Der Wagen rollte gerade an der Karl-Borromäus-Kirche vorbei. Nachhaltig in die Endlichkeit.

Toth und Marie-Theres verfolgten dieses Szenario, während sie hinter einem opulenten Grabstein Deckung suchten. Er gehörte der Witwe eines Fleischhauer-Meisters. Von dort aus hatten sie die beste Sicht auf das Boulanger-Mausoleum. Dem eigentlichen Objekt ihrer Neugierde. Der Bestatter und die Sargträgerin hatten etwas Mühe, sich zu zweit hinter dem schmalen Grabstein unbemerkt aufzuhalten und mussten ganz eng zusammenrücken. Ihre Körper berührten sich durch die dunkle Dienstkleidung und Marie-Theres zog Toth mit ihrem linken Arm noch enger an sich, um nicht entdeckt zu werden.

»Schau! Da ist sie«, flüsterte Marie-Theres und löste ihre Hand von Toths Schulter. Die Frau hätte sich ruhig noch etwas Zeit lassen können, dachte Toth.

»Sie hat die weißen Rosen dabei, die wir gerade bei Meter gesehen haben«, sagte Marie-Theres. Toth und sie lugten hinter dem Grabstein hervor.

Vor dem Mausoleum stand eine gepflegte Dame mit hellblonden, ondulierten Haaren. Sie trug ein schickes schwarz-weiß-kariertes Kostüm, eine blickdichte Strumpfhose und schwarze Pumps. Sie wirkte wie der Prototyp einer feinen Hietzinger Dame. Ein Eindruck, den die Einkaufstasche vom Meinl am Graben, die sie in ihrer linken Hand hielt, noch unterstrich.

Als sie sich hinunterbeugte, um den kleinen Strauß samt Schleife auf der verwitterten Steinstufe des Mausoleums abzulegen, funkelte es an ihrem Hals. Die strahlende Herbstsonne, die sich mittlerweile durch die Wolken gekämpft hatte, brachte den Stein an ihrer Kette förmlich zum Strahlen.

Marie-Theres wurde offenbar geblendet und kniff die Augen zusammen. »Arm dürfte die nicht sein. Hast du den riesigen Klunker gesehen, den sie um den Hals trägt?«

»Ich würde sagen, die schauen wir uns genauer an. Zeit für unseren Auftritt«, sagte Toth und gab seiner Kollegin einen leichten Ruck.

Fast im Gleichschritt gingen Alexander Toth und Marie-Theres auf die Frau zu, die andächtig vor dem Mausoleum stand und in sich gekehrt wirkte.

»Guten Tag, mein Name ist Alexander Toth. Das hier ist meine Kollegin Marie-Theres Ehrenfels«, sagte Toth in lautem Ton, damit er trotz des Fluglärms zu verstehen war. Er streckte der ihm unbekannten Frau die rechte Hand entgegen und fuhr fort: »Wir sind Mitarbeiter des Friedhofs und haben gehört, dass Sie eine treue Kundin unseres Blumenladens sind.«

Noch bevor die überraschte Dame antworten konnte, zog Toth das Säckchen mit Salatsamen aus der rechten Tasche seines Talars und überreichte es ihr feierlich. »Martha Pospischil hat uns gebeten, Ihnen dieses kleine Geschenk zu übergeben, als Dankeschön für Ihre Treue«, sagte Toth. Marie-Theres ergänzte: »Die könnten Sie gleich da vorne einsetzen. Da gibt's seit kurzem Urban-Gardening-Beete.«

»Was für Beete?«, fragte die Frau.

»Urban Gardening. Also Gärtnern in der Stadt. Für 149 Euro pro Jahr sind Sie dabei«, pries Marie-Theres an.

»Das klingt interessant. Ich hatte immer schon einen grünen Daumen. Danke jedenfalls für das liebe Geschenk«, antwortete die Frau und begutachtete das Säckchen mit den Samen. »Richten Sie der Blumenhändlerin lieben Dank aus«, fuhr sie fort.

»Sehr gerne. Von wem dürfen wir die Grüße denn ausrichten?«, fragte Toth.

»Entschuldigung, ich habe mich gar nicht vorgestellt. Maria Zucker mein Name«, antwortete die Frau, stellte das Meinl-Sackerl auf dem Boden ab und reichte Toth und Marie-Theres die Hand.

Zucker. Süßer Name, dachte Toth und blickte auf die Schleife an den drei weißen Rosen, die auf der Steinstufe des Mausoleums lag. »Deine Zuckerbäckerin« stand darauf geschrieben. War die Frau Konditorin? Oder war die Schrift ein Wortspiel mit ihrem Namen? Ihrem und dem von François? Zucker und Boulanger, also Bäcker?

»Wollen Sie die Blumen nicht im Mausoleum ablegen? Wissen Sie, auch bei uns am Friedhof wird leider häufig gestohlen«, fragte Toth.

»Das würde ich gerne«, sagte die Frau bedrückt. Sie richtete den auffälligen Stein ihrer Halskette zurecht und fuhr fort: »Aber mir gibt man ja keinen Schlüssel zum Mausoleum. Man sollte meinen, dass man als langjährige Sekretärin und engste Mitarbeiterin einen Schlüssel bekommt, aber nein.«

»Das heißt, Sie kannten François Boulanger gut? Ich kannte ihn nur aus den Medien«, fragte Toth arglos. »Wie war er denn wirklich?« Toth stellte der Sekretärin dieselbe Frage, die er bereits Sophie gestellt hatte, und die sich auf die mysteriöse Botschaft in der Teigtasche bezog.

Maria Zuckers Blick wirkte mit einem Mal sehnsüchtig. Sie wischte mit ihrer Handfläche den Staub von der Stiege des Mausoleums und setzte sich. Das passte so gar nicht zu dieser fein wirkenden Dame, dachte sich Toth und tat es ihr gleich. Marie-Theres blieb stehen.

»Ich kannte den Franz schon, als er noch Franz Bäcker war und nicht François Boulanger. Er hat sich später wegen seiner Liebe zu Frankreich umbenannt«, sagte Maria Zucker in traurigem Ton. »Er hat damals noch im Gasthaus seiner Eltern gearbeitet. Ganz einfache Küche. Aber herrlich. Nicht so ein Chichi wie diese Aumônières«, fuhr sie fort. Die Frau, die Toth auf Mitte sechzig schätzte, nahm den Strauß weißer Rosen in die Hand und fuhr fort: »Ich war damals Kellnerin in dem Gasthaus und bin bis zuletzt bei ihm geblieben, als seine Assistentin. Seine rechte Hand, verstehen Sie?«

Toth und Marie-Theres blickten sich kurz an und nickten. Schon wieder donnerte ein Flugzeug über den Friedhof.

»Der Franz war ein außergewöhnlicher Mann. Nur die Familie hat es ihm nicht leicht gemacht«, fuhr Maria Zucker ungefragt fort. Sie wirkte, als würde sie sich etwas von der Seele reden wollen. »Seine Frau ist zwar sehr intelligent. Und hübsch ist sie auch. Aber echte Liebe war das nie, sag ich Ihnen. Vor allem nicht von ihrer Seite«, setzte sie fort.

»Jaja, mit der Liebe ist das so eine Sache«, sagte Toth. Als hätte sie ihn nicht gehört, erzählte Maria Zucker weiter: »Und der Sohn. Ich sag es Ihnen. Ein echter Nichtsnutz. Der kommt nicht einmal ansatzweise an den Franz heran. Der spielt sich jetzt als Chef auf, aber der wird sich noch anschauen.«

»Was meinen Sie damit?«, fragte Marie-Theres.

»Der hatte nie ein gutes Verhältnis zu seiner Stiefmutter Patricia. Das wird jetzt noch schwieriger werden, wo der Franz nicht mehr da ist«, sagte Maria Zucker und kramte aus ihrer schicken Lederhandtasche ihr Handy heraus. Sie brauchte zwei Versuche, um die richtige Tastenkombination zum Entsperren einzutippen und wischte dann ein paarmal auf dem Smartphone herum. »Schauen Sie, wie fesch er war, mein Franz«, sagte sie stolz und zeigte Toth und Marie-Theres ein Foto von Boulanger in geselliger Runde. »Das ist das letzte Bild von ihm.« Sie musste sich bemühen, ein Schluchzen zu unterdrücken.

Der Bestatter und die Sargträgerin steckten ihre Köpfe zusammen und versuchten, trotz der Sonnenstrahlen, die sich auf dem Display von Zuckers Handy spiegelten, etwas zu erkennen. Das Foto zeigte François Boulanger, wie man ihn aus der Zeitung kannte. Die grauen Haare zurückgegelt, heller Anzug, rote Backen und selbstsicheres Grinsen. Er saß an einem Tisch, inmitten einer Gruppe von Menschen. Toth versuchte, die Gesichter möglichst schnell zu scannen und in seinem Kopf abzuspeichern. Ein Detail fiel ihm sofort ins Auge.

»Das war beim Siebziger in seinem Lokal. Da hat er auch noch seine letzte Teigtascherl-Kreation vorgestellt«, erklärte Maria Zucker und schnäuzte sich lautstark in ein weißes Stofftaschentuch.

Als sie ihre Nase fertig geputzt hatte, fuhr sie fort: »Und wissen Sie, was seine letzten Worte waren?« Die Frau wartete nicht auf eine Antwort, sondern sprach unter Tränen weiter: »Süß wie Zucker.« Sie weinte jetzt so heftig, dass sie beinahe das nächste Flugzeug übertönte. »Ach, der Franz, ich werde ihn immer nah an meinem Herzen tragen.«

»Unser herzliches Beileid, Frau Zucker. Wir müssen jetzt leider weiterarbeiten«, sagte Toth und stand von der Steinstufe auf. »Alles Gute für Sie«, fuhr er fort und reichte der Frau, die sitzen geblieben war, die Hand. Marie-Theres tat es ihm gleich und sie ließen die trauernde Assistentin zurück.

Kaum waren die beiden einige Meter entfernt, summte Marie-Theres eine bekannte Melodie. »Diamonds are a girls best friends«, sang sie dazu.

»Wir haben offenbar denselben Gedanken«, sagte Toth lächelnd. »Dieser auffällige Diamant an ihrem Hals. Vielleicht ist das unser François?«

Mittwoch, 11.32 Uhr

»Denkst du, so ein Klunker würde sich an meinem Finger gut machen?«, fragte Marie-Theres, spreizte die Finger ihrer linken Hand und tippte mit ihrem rechten Zeigefinger auf die gläserne Vitrine. Darin stand eine geöffnete Holzschatulle, in der neun kleine Diamanten eingefasst waren. Von 0,15 Karat bis zu einem Karat. Sie funkelten im Licht der Halogenspots, die an zwei Drahtseilen über den gesamten Raum gespannt waren.

Alexander Toth blickte etwas verlegen zunächst in Marie-Theres' Gesicht und dann auf die Diamanten. Er wusste nicht recht, was er auf ihre Frage antworten sollte, und sagte etwas ungeschickt: »Den könnte ich mir eher leisten.«

Er deutete auf eine Preistafel auf der anderen Seite des Showrooms, die in einen durchsichtigen Aufsteller aus Hartplastik gesteckt worden war. Obwohl sich das grelle Licht darin spiegelte, konnte man den Preis lesen und wurde darüber informiert, dass das Modell »Red Velvet« mit Innenleben aus rotem Samt gerade in Aktion war. Der Sarg war ein Einzelstück. Toth fühlte sich wie in einem Autohaus, in dem ein Modell neben dem anderen ausgestellt war, samt Zubehör und Extras. Nur, dass es keine Fahrzeuge waren, sondern Särge und Urnen, die im Showroom der Bestattungszentrale präsentiert wurden. Für die letzte Reise des Lebens.

Marie-Theres' Blick hatte sich augenscheinlich etwas verfinstert. Sie stand immer noch neben der Vitrine, die über die Möglichkeit der Diamanten-Bestattung informierte. Seit einigen Jahren konnten Hinterbliebene aus der Asche von Verstorbenen glitzernde Steine machen lassen. »Danke, den kannst du dir selbst kaufen«, blaffte die Sargträgerin.

Alexander Toth war gerade auf dem Weg in sein kleines Büro gewesen, direkt neben dem morbiden Ausstellungsraum, als ihn Marie-Theres vor der Diamanten-Vitrine abgepasst hatte. Statt mit seiner Kollegin über Diamanten zu sprechen, sollte er eigentlich lästigen Papierkram erledigen. Er musste die Überstellung eines Sarges nach Namibia organisieren. Ein Diplomat war im Pool seines Anwesens ertrunken. Toth musste den Flug für den »Hugo« checken, wie man tote Passagiere umgangssprachlich nannte. »Hu« für Human, »go« für gone. Also Human gone. Gestorbener Mensch.

Marie-Theres hatte sich an Toths Fersen geheftet. Ihr nächster Einsatz war erst für 14 Uhr geplant. Der kostengünstige Trend zur Urnenbestattung sorgte für einen lockeren Dienstplan der Sargträgerin. Wenigstens ein Vorteil der Inflation. Die blondgelockte Frau wollte offenbar unbedingt über die Begegnung mit Maria Zucker sprechen.

Alexander Toth merkte, wie sein blasses, mit Sommersprossen übersätes Gesicht leicht rot anlief. Sofort hatte er Bilder von Sophie im Kopf. Wie glücklich sie gestrahlt hatte, als er ihr damals bei einer Fahrt im Riesenrad einen Verlobungsring ansteckte und sie »Ja« zu ihm gesagt hatte. Wie glücklich er und sie doch damals waren, bevor sie sich so voneinander entfernten und er sich keine gemeinsame Zukunft mehr mit ihr vorstellen konnte. Schluss. Aus. Toth verdrängte den Gedanken und versuchte, seine Unsicherheit mit gespieltem Stress zu kaschieren.

»Marie-Theres, ich muss mich jetzt wirklich um meinen ertrunkenen Botschafter kümmern. Reden wir später weiter, ja?«, sagte er mit hörbarer Verlegenheit in der Stimme. Er war im Begriff, in sein Büro zu eilen.

»Hey, Toth. Ich hoffe, du hast da jetzt nichts falsch verstanden«, sagte Marie-Theres und klopfte ihrem Kollegen auf den Oberarm. Sie beugte sich über die Vitrine und beäugte den Diamanten ganz genau. »Unsere Sugar-Mary hat wohl nicht die Standard-Größen ausgewählt. Aber von der bläulichen Farbe her könnte der Diamant an ihrer Kette schon so etwas sein. Was meinst du?«

Toth versuchte sich nicht anmerken zu lassen, wie froh er war, dass Marie-Theres nun wieder über die Ermittlungen sprach. »Am Tag des Todes von Boulanger hatte sie die Kette mit dem Stein jedenfalls nicht an«, antwortete er. »Ist dir das auf dem Foto, das sie uns gezeigt hat, auch aufgefallen?«

»Na klaro. Ich bin ja keine Anfängerin mehr«, scherzte Marie-Theres.

In der Luft lag auf einmal der Geruch von Bratfett. Er strömte durch das gesamte Erdgeschoss der gläsernen Bestattungszentrale bis hin zum Showroom.

»Ah! Mittwoch ist Schnitzeltag«, stellte Marie-Theres fest. Sie schnupperte mit ihrer Stupsnase mehrmals demonstrativ Luft. »Zumindest haben sie diese Woche frisches Öl verwendet.«

»Irgendwie habe ich heute Lust auf Teigtascherln, weil wir die ganze Zeit drüber reden«, antwortete Toth. »Außerdem sollten wir uns die Familienmitglieder von Boulanger genauer ansehen. Es gab keine Einbruchsspuren im Mausoleum und nur sie hatten einen Schlüssel. Es muss also jemand von ihnen gewesen sein.«

»Woher weißt du das mit den Schlüsseln?«, fragte Marie-Theres. Ihr Magen meldete sich hörbar, während der Schnitzelgeruch aus der Kantine im ersten Stock immer intensiver wurde.

»Ich habe meine Quellen«, antwortete Toth bloß und klopfte auf den geschlossenen Deckel des ausgestellten »Red-Velvet«-Sargs.

Mittwoch, 12.31 Uhr

So viele Kameras mit blinkenden roten Lichtern waren schon lange nicht mehr auf ihn gerichtet gewesen. Mit einem leisen Surren verfolgten sie jeden seiner Schritte. Im Gegensatz zu jenen in seinem ehemaligen Fernsehstudio lösten die Objektive, vor denen Alexander Toth gerade stand, ein äußerst mulmiges Gefühl in ihm aus. War es doch die falsche Entscheidung gewesen, schon wieder in einem mysteriösen Kriminalfall zu ermitteln? Warum hatte er sich nur darauf eingelassen? Und vor allem: für wen? Die quirlige Sargträgerin, die neben ihm stand, riss ihn aus seinen Gedanken.

»Nicht schlecht, Herr Specht! Vielleicht sollten wir auch ein paar Teigtascherln machen und verkaufen«, sagte Marie-Theres.

»Ich fürchte, ein paar reichen da nicht«, antwortete Toth trocken. Er versuchte, sich nichts von seinen Zweifeln anmerken zu lassen.

Die beiden standen vor einem riesigen Anwesen, nicht unweit des Zentralfriedhofs. Das barocke Schloss Neugebäude am Nachbargrundstück wirkte gegen diese Villa fast schlicht und schmucklos. »Boulanger-Belvedere« nannte man sie in der Nachbarschaft, in Anlehnung an das berühmte Schloss Belvedere von Prinz Eugen. Das wusste Toth noch von einer seiner früheren Dreharbeiten in der Gegend. Hier in Simmering war es der Teigtascherl-Titan, der sich ein protziges Denkmal erbauen ließ.

Ein fast drei Meter hoher, goldener Zaun mit Spitzen in Kugellinienform umrandete das weitläufige Grundstück, dessen Wiese wie aus einem Buch für englische Rasenpflege aussah. Die breite Einfahrt, die von zwei weißen Steinlöwen bewacht wurde, war von einem ebenfalls goldenen Tor versperrt, dessen Griffe mit Teigtascherl-Ornamenten verziert waren.

»Praktisch, dass die so nah wohnen. Sonst wäre sich das in der Mittagspause nicht ausgegangen«, sagte Marie-Theres.

»Vielleicht sollten wir die Mittagspause doch lieber woanders verbringen«, antwortete Toth. Doch er wusste, dass es dafür längst zu spät war.

Die blonde Sargträgerin drückte auf den Knopf der Gegensprechanlage, auf der »Privat« stand. Stille. Nur die an der Mauer der Einfahrt montierten Überwachungskameras surrten. Das rote Licht blinkte. Fast geräuschlos öffneten sich die goldenen Pforten und gaben den Blick auf die Villa frei. Sie hatte tatsächlich etwas von einem Schloss. Allerdings erinnerte es Toth eher an das Logo von Walt Disney als an das Wiener Belvedere. Reinweiß gestrichen. Viele kleine Fenster. Noch mehr Türmchen und sogar ein großer Turm. Alles aufwendig mit Gold verziert.

»Geschmack kann man sich halt nicht kaufen. Auch nicht mit Teigtascherln«, stellte Marie-Theres mit Blick auf das kitschige Anwesen fest.

Toth wollte seiner Kollegin gerade zustimmen, als er etwas Seltsames an seiner rechten Hand spürte. Es war warm. Und feucht. Noch bevor er prüfen konnte, was es war, tönte ein lauter Schrei über den Vorgarten, der auch als Fußballplatz für den Ersten Simmeringer SC hätte dienen können.

»Rataaaaatooooouilllllleeeee!«, rief eine helle Stimme.

Erst jetzt sah Toth den strubbeligen, braunen Hund, der wie von der Tarantel gestochen in Richtung des Eingangs sprintete.

»Braver Bub«, sagte eine junge Frau, die im Türrahmen stand. Als der Hund bei ihr ankam, beugte sie sich zu dem Tier hinunter, um es mit einem Leckerli zu füttern.

»Das ist wirklich ein schöner Barbet«, sagte Marie-Theres, als sie direkt vor dem imposanten Eingang der Villa standen.

Toth zog überrascht die Augenbrauen hoch. Er war immer wieder beeindruckt vom scheinbar unnützen, aber dann oft nützlichen Wissen, das sich seine Kollegin im Laufe ihrer zahlreichen Jobs angeeignet hatte. Dog-Sitterin war einer davon.

Die junge, zierliche Frau, die mit ihren Dreadlocks und einem gebatikten T-Shirt so gar nicht in das herrschaftliche Ambiente zu passen schien, war offenbar nicht sonderlich an Smalltalk interessiert. Sie schob ihre fetten, weißen Over-Ear-Kopfhörer beiseite, sodass ein Ohr frei wurde, und schaute den unangekündigten Besuch an. Die Musik schallte Toth ohrenbetäubend laut entgegen. Er konnte keine menschlichen Laute darin ausmachen. Das Gekreische und Gekratze erinnerte ihn eher an seine

Katze Karla Kolumna. Wie konnte das Mädchen dem zuhören, ohne eine Miene zu verziehen?

»Entschuldigung wegen der Störung. Wir sind auf der Suche nach Patricia Boulanger. Wohnt die hier?«, fragte Toth in höflichem Ton.

Die junge Frau schien kurz nachzudenken, drehte sich um und schrie in gleicher Lautstärke, in der sie gerade nach dem Hund gerufen hatte: »Mamaaaaaaa!« Ohne ein weiteres Wort verschwand sie in der Villa. Ratatouille trabte hinter ihr her.

Alexander Toth und Marie-Theres standen wie angewurzelt da, schauten sich verwundert an und schwiegen. Die Stille dauerte allerdings nur wenige Momente.

»Was wollen Sie denn hier? Ich habe Ihnen doch gesagt, die Sache mit der Urne ist eine Familienangelegenheit«, zischte Patrica Boulanger. Sie war in der Tür aufgetaucht. Ihr französischer Akzent war diesmal unüberhörbar. Sie hatte Toth offenbar sofort erkannt. Die Witwe des Teigtaschen-Titans trug einen weißen Hosenanzug. Die roten, hohen Lackschuhe waren auf ihre Fingernägel abgestimmt. Wie eine trauernde Witwe sah sie nicht mehr aus, dachte Toth.

»Es tut uns wirklich leid, dass wir Sie zu Hause stören müssen, Frau Boulanger«, sagte er mit ruhiger Stimme. »Aber nach einem Einbruch in einem unserer Mausoleen ist es als Mitarbeiter des Friedhofs unsere Pflicht, der Sache nachzugehen.«

»Sonst sind wir leider verpflichtet, die Polizei einzuschalten«, ergänzte Marie-Theres.

Die Witwe seufzte. »Also gut. Kommen Sie rein. Aber ich habe nicht viel Zeit«, antwortete Patricia Boulanger und bat die beiden widerwillig herein.

Das Innere des Hauses hielt, was das Äußere versprach. Eine Melange aus viel Geld und Geschmacklosigkeit. Schwarzer Marmorboden. Dunkelrote, silberbestickte Brokat-Vorhänger. Kunterbunter Perserteppich. Toth entdeckte sogar eine Erwin-Wurm-Skulptur in Form eines roten Thermophors, die auf einer Kommode stand. Über der Skulptur war ein altes Ölgemälde angebracht worden, das eine französische Schlacht zeigte. Ein ziemliches Gemetzel, eingefasst in einen goldenen Rahmen.

»Setzen wir uns in den kleinen Salon«, sagte Patricia und führte die ungebetenen Gäste in einen Raum neben dem Foyer, der größer als Toths Wohnung war.

»Zurzeit haben alle Angestellten frei«, sagte Patricia und klang beinahe entschuldigend. »Nach dem Tod von François müssen wir erst mal für uns sein.«

Auch hier dürfte derselbe Innenausstatter am Werk gewesen sein. Die drei nahmen an einem runden Tisch aus Mahagoniholz Platz. Kaum hatten sie sich gesetzt, kam Toth zum Grund ihres Besuchs.

»Frau Boulanger, wir wissen, dass nur Familienmitglieder einen Schlüssel zum Mausoleum haben.«

Patricia Boulanger begriff offenbar sofort, worauf der Bestatter hinauswollte, und blaffte: »Das ist ja unerhört! Wollen Sie etwa meine Familie verdächtigen?« Auf ihren Wangen und an ihrem Hals waren einige rote Flecken aufgetaucht.

»Wir verdächtigen niemanden. Aber aus unserer Erfahrung wissen wir, dass Hinterlassenschaften oft aus Trauer und großer Liebe gestohlen werden«, sagte Marie-Theres.

Sie blickte in Richtung eines goldgerahmten Fotos, das an der Wand des »kleinen« Salons hing. Es zeigte François Boulanger im Kreise seiner Liebsten. Es musste schon etwas älter sein. Der Teigtascherl-Titan sah schlanker und jünger aus, als man ihn aus der Zeit vor seinem Tod kannte. Heller Anzug. Zigarre zwischen den Fingern. Hinter dem sitzenden François stand Patricia, ihre Hand lag auf seiner rechten Schulter. Daneben ein junger Mann und eine junge Frau, die Toth bekannt vorkam. Vor François Füßen saß ein Kleinkind in einem rosa Kleid.

»Wir sind, ähm, wir waren eine glückliche Familie«, sagte Patricia. Ihre Stimme wirkte nicht mehr so kräftig wie vorhin. »Der Tod von François hat uns alle mitgenommen. Ganz besonders ihn hat er aus der Bahn geworfen.« Sie deutete auf den halbwüchsigen Burschen auf dem Foto, der ihnen entgegengrinste und dabei seine Zahnspange präsentierte.

»Wer ist das?«, fragte Toth vorsichtig.

»Das ist Alain. François' Sohn aus erster Ehe. Ein talentierter junger Mann. Er hat seinen Vater sehr geliebt«, erklärte Patricia. Sie spielte mit der Hand an ihrer Perlenkette herum. »Seit seinem Tod ist er nicht mehr derselbe.«

»Und die junge Frau daneben ist seine Schwester?«, wollte Marie-Theres wissen. »Die sieht sehr hübsch aus.«

»Das ist Sophie. Die älteste Tochter von François. Sie hatte ein kompliziertes Verhältnis zu ihrem Vater. Die beiden hatten sich etwas entfremdet«, erklärte Patricia. Die nervösen Flecken an ihrem Hals waren langsam wieder verblasst.

Nun war es Alexander Toth, dem die Situation mehr als nur unangenehm war. Keinesfalls wollte er das Gespräch über seine Ex-Freundin vertiefen. Schon gar nicht vor Marie-Theres. Er versuchte abzulenken und fragte: »Und das Mädchen, das uns die Tür geöffnet hat?«

»Das ist Brigitte«, sagte Patricia und sprach den Namen französisch aus. »Sie ist unser gemeinsames Kind. Eine großartige junge Frau und politisch sehr engagiert. Très intelligente«, fügte sie hinzu. Bei diesen Worten musste Toth an das Bild der gelangweilt dreinblickenden, ihn keines Blickes würdigenden Brigitte denken.

Tick. Tack. Tick. Tack. Die Pendeluhr, die in einer der Ecken des Raumes aufgestellt war, überbrückte die Gesprächspausen mit ihrem monotonen Geräusch. Bimm. Ein glockenheller Ton löste das Klackern für einen Moment ab. Er wies auf die volle Viertelstunde hin.

»Oh là là. Schon so spät. Ich habe um 13 Uhr den nächsten Termin. Sie müssen mich entschuldigen«, sagte Patricia und stand auf. »Wie Sie sehen können, sind wir eine ganz normale Familie. Ich wüsste nicht, wer die Urne meines Mannes gestohlen haben sollte.« Sie deutete in Richtung Ausgang.

»Wir wissen Ihre Offenheit sehr zu schätzen. Aber wir würden gerne noch mit Alain sprechen. Wäre das möglich?«, fragte Toth, als er hinter der Hausherrin den weitläufigen Gang entlang ging.

»Der wohnt leider nicht mehr hier«, antwortete Patricia knapp. »Sie können ihn aber nachmittags mit großer Sicherheit in unserem Restaurant im ersten Bezirk treffen.«

Während Toth der Hausherrin durch die hohen Gänge folgte, beäugte der ehemalige Journalist die Fotos an der Wand genau. Sie alle zeigten François. François beim Segeln. François beim Golfen. François am Pool. François mit Hummer. François im Cabrio. Es war wie eine Gedenkwand für den verstorbenen Teigtascherl-Titan. Ein Foto kam Toth bekannt vor. Er hatte es schon einmal gesehen. Maria Zucker hatte es ihm auf ihrem Handy gezeigt.

Es war der letzte Abend von François Boulanger. Es zeigte den Lebemann kurz vor seinem Tod. Er saß mit vielen Gästen an einem Tisch in seinem Teigtascherl-Tempel. Auf dem großen, ausgedruckten Bild erkannte Toth auch den Namen der neuesten Teigtascherl-Kreation, die an seinem Geburtstag vorgestellt wurde. »Tulas« stand handgeschrieben auf einer schwarzen Schiefertafel, vor der die neu kreierten Aumônières angerichtet waren.

Als sie schon fast beim Ausgang waren, fiel Toth noch etwas auf. Eine der vielen Türen, an denen sie vorbeikamen, stand halb offen. Im Gehen konnte er nur einen kurzen Blick in den Raum erhaschen. Doch der reichte. Er sah mehrere Umzugskartons. Sie alle waren mit einem Namen beschriftet: Alain.

»Ich hoffe, die Angelegenheit ist damit geklärt«, sagte Patricia und gab Toth und Marie-Theres die Hand. Der Händedruck war ähnlich kräftig wie der vor dem Mausoleum.

»Danke für Ihre Gastfreundschaft«, antwortete Toth und klang dabei ironischer als er eigentlich wollte.

Als sich die goldenen Pforten genauso lautlos schlossen, wie sie sich geöffnet hatten, standen Toth und Marie-Theres noch einen Moment vor dem Simmeringer Märchenschloss.

»Die hat auffällig nett über die drei Kinder gesprochen. Vor allem über Alain«, sagte Marie-Theres.

»Ja. So nett, dass er kurz nach dem Tod seines Vaters hier auszieht«, antwortete Toth. Die Überwachungskamera bewegte sich noch einmal mit einem leisen Surren, als die beiden das Grundstück verließen.

Mittwoch, 14.47 Uhr

Der ausgerollte rote Filzteppich warf wegen des unebenen Untergrunds mehrere Falten. Doch das schien niemandem aufzufallen oder zumindest niemanden zu stören. Ein Gast nach dem anderen stolzierte darüber. Manche langsamer. Manche schneller. Manche machten angedeutete Tanzbewegungen im Takt der Musik, die aus einer aufgestellten Soundanlage in voller Lautstärke tönte. »Crying at the Discoteque« der schwedischen Gruppe »Alcazar« spielte es in Dauerschleife:

The golden years
The silver tears
You wore a tie like Richard Gere
I want to get down
You spin me around
I stand on the borderline
Crying at the discoteque

Zu diesem Lied hatte DJ Baba vor einigen Jahren die beliebte Fernsehshow »Dancing Stars« gewonnen. Im Ganzkörper-Metallic-Anzug hatte er mit seiner Profi-Tanzpartnerin im Finale einen Disco Fox aufs Parkett gelegt und die Zuschauer überzeugt. Das Siegerfoto unter einer überdimensional großen Discokugel, die man damals im Studio extra dafür angefertigt hatte, war am nächsten Tag in allen Zeitungen abgedruckt worden und verschaffte dem Discjockey, dem eine Ähnlichkeit mit Richard Gere nachgesagt wurde, ein spätes Comeback.

Nun hatte DJ Baba, der seinen größten Hit in den 1980er Jahren feierte, endgültig Baba gesagt und absolvierte seinen letzten Auftritt. Am Zentralfriedhof. In einer Disco-Kugel. Es war die letzte Beisetzung, die Alexander Toth an diesem Tag betreuen musste. Die Witwe von DJ Baba hatte im Vorgespräch bereits genaue Vorstellungen gehabt, wie die Trauerfeier ablaufen sollte.

»Es soll eine große Party werden, die unvergesslich bleibt. Das hätte dem Hans gefallen«, sagte sie und hatte eine ganze Liste mit Wünschen mitgebracht. Roter Teppich, bunte Rosen, laute Musik und zahlreiche Sofortbildkameras, mit denen die Trauergäste Selfies machen sollten, hatte sie bestellt. »Sie waren doch beim Fernsehen. Sie wissen hoffentlich noch, was eine gute Show ist«, hatte sie ergänzt und auf Toths TV-Vergangenheit angespielt.

Ganz oben auf ihrem Wunschzettel stand eine spezielle Urne, die den passenden Namen »Discofieber« trug und die Alexander Toth extra aus Deutschland bestellen musste.

Sie sah tatsächlich aus wie eine kleine Discokugel. Silber, rund und verziert mit 3.000 Swarovski-Kristallen. Die tiefstehende Sonne, die für Ende Oktober immer noch erstaunlich viel Kraft hatte, ließ die Steine funkeln. Das Licht spiegelte sich in den metallischen Gewändern, die die Witwe als Dresscode ausgerufen hatte. Marie-Theres führte den ungewöhnlichen Trauerzug an und trug ein schwarzes Polster, auf dem die Disco-Urne lag. Sie hatte sichtlich Mühe, eine ernste Miene zu bewahren.

»Was ist denn das für ein Faschingsumzug?«, fragte eine ältere Dame mit weißen Haaren und klopfte Toth vorsichtig mit ihrem Gehstock ans Bein. Er beobachtete die Szenerie von der Seite aus.

»Was soll ich Ihnen sagen? Wien ist eben anders«, antwortete der Bestatter und ergänzte mit Blick auf die umliegenden Gräber: »Zumindest kann uns hier niemand wegen Ruhestörung verklagen.«

Die rüstige Frau konnte mit dem Wiener Humor offensichtlich wenig anfangen, murmelte etwas Unverständliches und verschwand langsam zwischen den Grabreihen.

In der Zwischenzeit sangen sich »Alcazar« die Seele aus dem Leib. Zum wiederholten Male tönte ihr Ohrwurm aus dem Jahr 2000 über die Gruppe 40 des Friedhofs, wo DJ Baba nun einzog. Hier hatte er viele prominente, wenn auch schweigsame Nachbarinnen und Nachbarn. Falco, Elizabeth T. Spira. Herbert Prikopa. Und Otto Wurm, die Journalisten-Legende und Alexander Toths Mentor, der unter einem kugelförmig geschliffenen Granitstein ruhte.

The golden years
The silver tears
You wore a tie like Richard Gere
I want to get down

Die Witwe von DJ Baba grölte die Zeilen mit ihrer rauchigen Stimme, als Marie-Theres die Disco-Kugel vorsichtig vom Polster nahm und in das ausgehobene Erdloch legte. Die dafür vorgesehene Urnenzange oder »Gurkenzangerl«, wie Toth sie nannte, verwendete sie nicht. Sie hatte offenbar Angst damit abzurutschen. Unter tosendem Applaus der Trauergäste verschwand DJ Baba nun dorthin, wo er schon vor seinem Dancing-Stars-Sieg gewesen war. In der Versenkung.

Jeder hier trug sein Scherflein dazu bei. Besser gesagt sein Schäuflein. Einer nach dem anderen kippte ein wenig Erde auf die Discokugel, die im Erdloch noch heller glitzerte. Bestatterkollege Emil, der in seinem dunklen Talar andächtig dreinschauend am Grab stand und einem Gast nach dem anderen die Schaufel reichte, hatte fast Mühe nachzukommen. Als der letzte Gast fertig war, sah das Ehrengrab des Musikers aus wie ein Maulwurfshügel.

> *Downtown's been caught by the hysteria*
> *People scream and shout*
> *A generation's on the move*
> *When disco spreads like a bacteria*
> *Those lonely days are out*
> *Welcome the passion of the groove*

Alexander Toth kannte die erste Strophe des Liedes bereits auswendig, als er die erlösende Stopp-Taste der Soundanlage drückte. Ruhe. Endlich Ruhe, dachte er sich, als die letzten Gäste in ihren glänzenden Outfits gegangen waren. Der Song hallte noch in seinem Kopf nach.

»Ich weiß wieder, warum ich so ungern in Discos gehe«, sagte Toth, als er die auf dem Boden verstreuten, bunten Rosen einsammelte.

»War doch eh voll cool. Ich glaub, so möchte ich auch mal bestattet werden«, antwortete Marie-Theres. Sie packte die Urnenzange in eine schwarze Hülle aus Leder. »Diese Disco-Urne ist doch wirklich steil«, fügte sie hinzu.

»So eine Urne sagt oft sehr viel aus über den, der drin liegt«, mischte sich Emil ins Gespräch ein. Er zählte die wenigen Münzen, die ihm einige der Trauergäste zugesteckt hatten.

Dieser Satz ließ bei Alexander Toth den Groschen fallen. Oder war es doch nur ein Cent? Er holte sein Handy heraus, das in der Tasche seiner dunklen Arbeitshose steckte, und scrollte durch seinen WhatsApp-Verlauf. Er fand, wonach er gesucht hatte und verschickte es an einen seiner Kontakte.

»Was machst du da, Toth?«, fragte Marie-Theres neugierig.

Alexander Toth ging nicht auf ihre Frage ein. »Wir haben uns so drauf konzentriert, wer die Urne gestohlen hat«, sagte er in nachdenklichem Ton, »dass wir ganz darauf vergessen haben, uns zu fragen, was da eigentlich gestohlen wurde.« Er strich die Falten des roten Teppichs glatt, die ihn die ganze Zeit über gestört hatten, und rollte ihn ein.

Mittwoch, 17.09 Uhr

Die Plätze an der verglasten Front waren offensichtlich sehr beliebt. Vor allem, seit der Petersplatz in der Innenstadt zur Begegnungszone geworden war und nun noch mehr Passanten daran vorbeigingen, um zu schauen, welche Reichen und Schönen der Stadt sich in dem Nobellokal trafen.

Toth saß auf den Stufen der imposanten Peterskirche, ein paar Meter vom Eingang des Restaurants entfernt, und beobachtete, wie ein junger Mann beim Vorbeigehen immer langsamer wurde, um einen Blick auf die Gäste des Gourmet-Tempels zu erhaschen, über dessen Eingang in goldenen Lettern »Le petit Sac« stand. Es war eine Art menschliche Auslage. Das Motto: sehen und gesehen werden.

»Geh, Toth, wenn ich dich nicht einkleide, ist es hoffnungslos«, sagte Marie-Theres, nachdem sie aus dem Taxi gestiegen war und auf ihren Kollegen zustöckelte. Sie trug ein zitronenfaltergelbes Kleid, Pumps in der gleichen Farbe und hatte eine weiße, kleine Lederhandtasche über die Schulter geworfen.

»Was hast du denn? Wir gehen doch nur Teigtascherl essen«, antwortete Toth. Er sah an sich hinunter und strich seinen dunkelgrünen Sweater glatt.

»Toth, das ist ein echter Luxus-Schuppen hier. Ich hoff, dass die dich so reinlassen«, erklärte Marie-Theres. Sie deutete auf Alexander Toths Schuhe. Er trug schwarze Laufschuhe.

»Ich weiß eh nicht, ob die überhaupt einen freien Platz haben«, erwiderte Toth. Er sah in Richtung der gläsernen Front. Eine schick gekleidete junge Frau versuchte gerade, mit zwei Stäbchen eine Teigtasche in den Mund ihres Begleiters zu führen. Er hätte ihr Großvater sein können, dachte Toth.

»Lass das mal meine Sorge sein«, sagte Marie-Theres selbstsicher. Sie klemmte ihre Handtasche unter den Arm und deutete Toth, sich bei ihr einzuhängen. Gemeinsam traten sie ins »Le petit Sac«, dem gastronomischen Vermächtnis von François Boulanger.

Der Interior-Designer des Lokals musste ein anderer gewesen sein als bei Boulangers Zuhause, dachte Toth. Alles war perfekt aufeinander abgestimmt. Viel indirekte Beleuchtung, dunkler Holzboden, helle Samtstühle, hochwertige Tische, von denen einige eine Art drehbaren Aufsatz hatten. Solche kannte Toth vom billigen Chinesen in Ottakring, wo er sich manchmal sein Abendessen holte. Hier im »Le petit Sac« sahen sie allerdings wesentlich luxuriöser aus und waren mit goldenen Ornamenten verziert. An den Wänden hingen neben moderner Kunst auch einige gerahmte Schwarz-Weiß-Bilder von französischen Filmstars. Brigitte Bardot. Alain Delon. Sophie Marceau. Nun verstand Toth. François Boulangers' Liebe zu Frankreich ging so weit, dass er seine Kinder nach seinen französischen Idolen benannte. Na Bumm, la Boum.

Charles Trenet sang im Hintergrund sein Chanson »La mer«, als Marie-Theres auf einen Mitarbeiter zuging, der hinter einer Art Stehpult stand. Er trug eine weiße Uniform, die an einen Matrosen erinnerte.

»Ich weiß, es ist fast unmöglich, einen Tisch bei Ihnen zu bekommen, aber mein Freund hier hat vergessen zu reservieren«, sagte Marie-Theres. Sie spielte mit ihren Fingern an ihren blonden Locken herum.

Toth sah peinlich berührt zu Boden, als Marie-Theres fortsetzte: »Dabei wollte ich immer schon mal die berühmten Teigtascherl probieren. Was man so hört, müssen die fantastisch sein.«

Toth beobachtete, wie der junge, gutaussehende Platzanweiser, der seine schwarzen Haare seitlich ganz kurz trug, offensichtlich Gefallen an Marie-Theres fand. Seine dunklen Augen begannen zu strahlen und er blätterte nervös wirkend im Reservierungsbuch.

»So sympathischen Gästen würde ich wahnsinnig gerne einen Tisch geben«, stotterte er. »Aber schauen Sie sich um, es ist alles voll heute.« Toth sah das kleine, silberne Namensschild an seiner Brust. Er hieß Takan.

»Und was ist mit dem hier?«, fragte Marie-Theres. Sie zeigte auf einen der runden Tische, direkt neben der langgezogenen Bar.

»Es tut mir leid, der ist immer für die Familie Boulanger reserviert«, antwortete Takan. Seine Wangen leuchteten unter seinem Dreitagebart rot hervor.

»Gibt's ein Problem?«, mischte sich jemand in das Gespräch ein. Toth konnte im ersten Moment nicht sagen, ob es ein Mann oder eine Frau war. Die Stimme klang jung, aber bestimmt. Als er sich umdrehte, war dem Bestatter sofort klar, wer das wissen wollte. Vor ihnen stand die jüngere Ausgabe von François Boulanger. Braune statt grauer Haare und ein paar Kilo weniger. Aber man musste kein Ahnenforscher sein, um zu erkennen, dass es sein Sohn war. Alain.

Marie-Theres, die das offensichtlich auch bemerkt hatte, schaltete schnell und überschüttete nach Takan nun Alain mit ihrem Charme. »Sie müssen der berühmte Alain Boulanger sein. Es ist eine riesige Ehre, Sie persönlich zu treffen«, sagte sie in überschwänglichem Ton.

Alain war sichtlich überfordert von so viel weiblichem Lob und wirkte zunächst ein wenig unsicher. Doch Marie-Theres hatte offenbar voll ins Schwarze getroffen.

»So ein Kompliment von so einer schönen Frau. Das kann nur ein guter Abend werden«, antwortete Alain, der einen dunkelblauen Anzug trug. Seine Initialen »AB« waren auf der Brusttasche des hellrosa Maßhemdes eingestickt. »Solche Gäste schicken wir nicht weg, Takan. Verstanden!?«, blaffte er in Richtung seines Mitarbeiters.

»Sie sind zu zweit?«, fragte Alain und warf Toth einen missbilligenden Blick zu. Ohne eine Antwort abzuwarten, führte er Marie-Theres zum einzig freien Tisch im ganzen Restaurant. Es war der Familientisch. Toth kam hinterher.

»Ich bin gleich bei Ihnen«, sagte Alain und legte seinen Gästen zwei Speisekarten auf den mit weißen Stoffservietten gedeckten Tisch.

»Jetzt sagst du nix mehr, gell?«, fragte Marie-Theres stolz, als Alain sich einige Schritte entfernt hatte, und reichte Toth eine der Speisekarten.

Toth grummelte nur leise vor sich hin und versuchte, die in ihm aufkeimende Eifersucht zu unterdrücken. Tatsächlich hatte er es nur Marie-Theres' erfrischender Art und ihrem guten Aussehen zu verdanken, dass sie nun an dem Ort recherchieren konnten, an dem François Boulanger gestorben war.

Alexander Toth schlug die handgeschriebene Speisekarte des »Le petit Sac« auf. Sie glich einem Teigtascherl-Lexikon. Manti. Gyoza. Empanadas. Pansotti. Wantan. Mamantasch. Aumônières. Von den meisten dieser Speisen hatte der ehemalige Journalist noch nie etwas gehört. Es dürfte sich aber tatsächlich alles um Teigtaschen handeln. Es gab sie mit Steinbuttfülle. Mit Wildbarsch. Seezunge. Kalbsleber. Rehrücken. Oder vegetarisch mit karamellisierten roten Rüben. Die Preise hatte man sicherheitshalber erst gar nicht dazugeschrieben. Toth wusste nicht, ob er sich darüber freuen oder Sorgen machen sollte. Schließlich war ihm klar, dass er heute Abend zahlen würde.

»Wie oft soll ich dir das noch erklären?! Man serviert von der rechten, nicht von der linken Seite. Einmal noch und du fliegst raus«, schallte es vom Nachbartisch. So wie eben bei Takan hatte Alain den nächsten Mitarbeiter im Matrosenkostüm niedergemacht.

»Sehr sympathisch, unser Boulanger junior«, sagte Toth.

»Pssst. Er kommt zurück«, mahnte Marie-Theres, die aufgrund ihres Sitzplatzes den Überblick über das ganze Restaurant hatte. »Vielen lieben Dank nochmal für den

Tisch. Ich habe so viel über François Boulanger gehört und wollte unbedingt seinen Nachfolger, also Sie, einmal kennenlernen. Was für ein glücklicher Zufall«, sagte Marie-Theres mit süßlicher Stimme, kaum war Alain bei ihrem Tisch angekommen. »Wollen Sie sich nicht einen Moment zu uns setzen? Mein Freund hier wollte gerade einen Champagner bestellen. Trinken Sie doch ein Glas mit uns, als Dankeschön.«

Jetzt war Toth froh, dass keine Preise in der Speisekarte standen. Er war sich sicher, dass der Champagner die Hälfte seines Bestatter-Gehalts verschlingen würde, versuchte aber, sich nichts davon anmerken zu lassen.

»Es wäre mir eine Ehre, mit so einer schönen Frau ein Glas zu trinken«, antwortete Alain und nahm auf einem der weißen Samtstühle Platz.

»Ich bin übrigens Alexander Toth. Das ist meine Kollegin Marie-Theres Ehrenfels. Wir arbeiten am Zentralfriedhof und kümmern uns um das Mausoleum Ihres Vaters«, sagte Toth.

Der Bestatter war sich nicht sicher, ob Alain ihm überhaupt zugehört hatte. Der antwortete nicht, sondern drehte sich zur Bar um und blaffte zu einem weiteren Matrosen-Kellner: »Einen Dom Perignon. Aber schnell. Meine Freunde hier sind durstig.« Nach einer kurzen Pause schrie er noch: »Und einmal die Aumônières mit weißem Trüffel für drei.«

Im Hintergrund hatte Edith Piaf mittlerweile Charles Trenet abgelöst und sang ihren Welthit »Non, je ne regrette rien.«

»Wirklich schade um diese schöne Urne. Die war sehr ansprechend. Sehen wir selten bei uns am Friedhof. Wissen Sie, woher die stammte?«, fragte Toth. Marie-Theres stieß ihm in die Rippen, offenbar um ihm zu signalisieren, er sollte nicht so schnell zur Sache kommen. Doch Alain schien diese Direktheit nicht zu stören.

»Ich wusste vor der Trauerfeier gar nicht, dass mein Vater diese Urne besessen hat. Er hatte eben eine Schwäche für alles, was mit Frankreich zu tun hatte. Wie zum Beispiel meine Stiefmutter«, erklärte Alain. Er spielte dabei mit dem Verschluss seiner Patek-Phillippe-Uhr, die er am rechten Handgelenk trug.

»Na endlich«, blaffte Alain, als einer der Mitarbeiter einen silbernen Kübel voller Eis auf ein Beistelltischchen stellte und die Champagnerflasche öffnete. »Den hat mein Vater auch so geliebt. Er hat das Leben in vollen Zügen genossen« sagte Alain mit brüchiger Stimme, als der Kellner die Gläser füllte.

»Ihr Vater muss ein faszinierender Mensch gewesen sein«, sagte Marie-Theres. Sie erhob ihr Glas mit dem schäumenden Champagner, um anzustoßen.

»Das war er. Er war ein großartiger Geschäftsmann und ein toller Vater. Ein echter Gewinnertyp«, antwortete Alain, stieß mit Marie-Theres an und blickte ihr dabei, wie Toth fand, einen Moment zu lange in die Augen. Dann trank er sein Glas in einem Schluck aus.

»Das einzige Mal, das er so richtig danebengegriffen hat, war bei der Wahl seiner zweiten Frau«, ergänzte Alain und schenkte sich ein weiteres Glas ein. Der Schaum lief über den Glasrand. Wenn das so weiterging, würde es ein sehr teurer Abend für Alexander Toth werden.

»Sie meinen Patricia?«, fragte Toth.

»Ja, genau die« antwortete Alain knapp.

»Wir mussten heute beruflich mit Ihrer Stiefmutter sprechen und waren kurz bei ihr zu Hause. Sie ziehen dort aus?«, fragte Marie-Theres vorsichtig. Auch sie hatte bereits ihr erstes Glas Champagner ausgetrunken und schenkte sich nach.

»Rauswerfen ist ein besseres Wort. Sie kann es gar nicht erwarten, mich und meine Schwester Sophie mit dem Pflichtteil des Erbes abzuspeisen und alles selbst zu behalten«, sagte Alain.

Bei dem Namen seiner Ex-Freundin versetzte es Toth einen leichten Stich in die Magengegend. Er versuchte, sich wieder einmal nichts anmerken zu lassen und war heilfroh, als einer der Matrosen vorbeikam und die Aumônières servierte.

»Voilà. Die Spezialität unseres Hauses. Bon Appetit«, sagte Alain.

Er probierte eine der Teigtaschen und kaute sie lange mit geschlossenen Augen. Kaum hatte er hinuntergeschluckt, öffnete er die Augen, nahm sein halbvolles Glas, stand auf und entschuldigte sich. »Ich muss kurz wohin.«

Die wie Klingelbeutel geformten Teigtaschen dampften auf den dunklen Schieferplatten, die vor Toth und Marie-Theres zurückblieben. Der kellerartige Geruch der frischen Trüffel stieg Toth in die Nase.

»Eine Leberkässemmel wär mir lieber«, sagte er und probierte ein Stück der Teigtasche. Sie war so heiß, dass er sich beinahe seine Lippe verbrannte.

Marie Theres füllte sich mittlerweile das dritte Glas Champagner nach und wirkte bereits etwas angeheitert. Toth fiel erneut ihr dünnes türkises Armband mit dem kleinen silbernen Herz-Anhänger auf. Am liebsten hätte er sie darauf angesprochen, aber fragte stattdessen: »Übertreibst du es nicht ein wenig mit dem Champagner? Wir sind hier, um zu arbeiten.«

»Die Wahrheit muss ans Licht, sagst du doch selbst immer. In vino veritas gilt bestimmt auch für Champagner«, antwortete sie und Toth meinte, bereits einen leichten Zungenschlag erkennen zu können.

Während er die immer noch dampfend heißen Teigtascherln auskühlen ließ, sah er sich noch einmal genau um. Er schloss kurz die Augen und versuchte sich zu erinnern. Dann öffnete er sie wieder und war sich sicher.

Ja, der Platz, an dem er mit seiner leicht angetrunkenen Kollegin saß, war derselbe, an dem François Boulanger an seinem letzten Abend gesessen war. Der runde Tisch neben der Bar, das Bild des Eiffelturms im Hintergrund. Es war derselbe Tisch wie auf dem Foto, das Maria Zucker ihnen gezeigt hatte.

»Hast du schon wieder herumgepatzt?«, fragte Marie-Theres und riss Toth aus seinen Gedanken. Sie deutete auf einen dunklen Fleck, den sie auf dem hellen Samtsessel entdeckte, auf dem Toth saß.

»Der Fleck? Der war vorher schon da«, antwortete Toth etwas genervt und schob sich eine Gabel mit Trüffel-Tascherl in den Mund. Nicht sein Geschmack. Aber es machte satt, dachte er sich und schob gleich eine zweite Gabel nach.

»Ich hoffe, meine Gäste sind zufrieden?«, fragte Alain, der sich fast unbemerkt neben den Tisch von Toth und Marie-Theres gestellt hatte und sich mit beiden Händen darauf abstützte. Toth fiel sofort das weiße Pulver auf, das an seiner Nase, seiner Oberlippe und an seinen Händen klebte. Er versuchte, nicht darauf zu schauen, und log: »Sehr gut, danke.«

»Ich muss jetzt leider wieder los. Hier ist meine Visitenkarte. Wenn Sie in der Urnen-Sache etwas herausfinden, dann informieren Sie mich und nicht meine Stiefmutter«, sagte er. Er gab Toth die Hand, Marie-Theres küsste er den Handrücken und verschwand in Richtung Küche.

»Da hat sich jemand die Nase gepudert«, sagte Marie-Theres und legte das Besteck beiseite.

Noch bevor Toth etwas sagen konnte, steckte die Sargträgerin ihren Zeigefinger in das Pulver, das von Alains Händen am Tisch zurückgeblieben war, und schob ihn sich zwischen die Lippen.

»Und?«, fragte Toth.

Marie-Theres' Antwort bestand aus einem überraschten Blick.

Mittwoch, 19.32 Uhr

Der dicke, hängende Bauch über ihm stand in starkem Kontrast zu der hageren Person vor ihm.

»Zwetschkenkrampus« hatte Alexander Toths Oma solche schmächtigen Männer mit eingefallenen Wangen immer genannt. Der Bestatter und sein Informant hatten sich unter dem legendären Praterwal »Poldi« verabredet, der in der großen, mit hellem Beton in Holzoptik verkleideten Halle des Wien Museums am Karlsplatz hing. Die imposante, fast zehn Meter lange Skulptur aus Holz und grünlichem Kupferblech hatte jahrzehntelang ein Gasthaus im Wiener Prater geziert, war nach dessen Schließung vor der Mülldeponie gerettet worden und letztendlich im neu eröffneten Museum eingezogen. Jetzt hing es von der knapp 25 Meter hohen Decke. Keine Qual für den Wal.

»Schön, dass du dich wieder mal gemeldet hast«, sagte der Mann und streckte Toth seine blasse, haarlose Hand entgegen. Er trug Birkenstockschlapfen mit beigen Socken. Seine gleichfarbige Weste saß schief. Er hatte sie offenbar falsch zugeknöpft.

»Danke, Julius, dass du dir die Zeit genommen hast« antwortete Toth. »Sind die Seile eh stabil?«, fragte er mit Blick auf Poldi, der neben einer historischen Kutsche aus dem Jahr 1852 in der Luft baumelte.

»Keine Sorge«, antwortete Julius Novak schmunzelnd und richtete seine ovale Nickelbrille, die verrutscht war, als er nach oben blickte. Der Museumskurator war nach der Sperrstunde um 18 Uhr länger im Museum geblieben, um Toth zu empfangen. Alexander Toth kannte ihn von seinen früheren Dreharbeiten fürs Fernsehen. Er hatte immer wieder Interviews mit dem studierten Historiker anlässlich diverser Ausstellungen gemacht, in denen Julius sein Wissen in kluger und ausschweifender Art geteilt hatte.

»Ich freu mich, dass du dich für unsere aktuelle Schau interessierst. Eigentlich kein Wunder, bei deinem neuen Job«, sagte Julius und wies Toth den Weg in Richtung des Aufzugs. »Komm, ich zeig sie dir, es gibt viel zu sehen und zu erzählen«, fügte er hinzu.

Das klang für Toth beinahe wie eine Drohung. So sympathisch er den schrulligen Museumskurator fand, er erinnerte sich noch mit Grauen daran, wie mühsam die Schnitte der Interviews mit Julius Novak damals gewesen waren. Er schien nie Luft zu holen und redete in einem Schwall, der selbst den dicken Poldi davongeschwemmt hätte. Toth hatte sich nach seinem nächtlichen Museumsbesuch deshalb sicherheitshalber nichts mehr vorgenommen.

Als sie im obersten, neu aufgesetzten Geschoss des Museums ankamen, das von vielen »Matratze« genannt wurde, weil es förmlich auf dem Hauptgebäude auflag, platzte es aus Julius voller Stolz heraus: »Da wären wir. Willkommen in unserer neuen Sonderausstellung. Wien als Nekropole – 150 Jahre Wiener Zentralfriedhof.«

Toths Augen brauchten ein wenig, um sich an die veränderten Lichtverhältnisse zu gewöhnen. Während die Haupthalle und auch der Aufzug hell erleuchtet waren, ging es hier oben eher schummrig zu. »Toller Titel«, sagte Toth. »Könnte von mir sein.«

»Das hier ist was ganz Besonderes«, fuhr Julius fort und führte seinen Gast zu den ersten Schaukästen. »Die Originalbaupläne des Zentralfriedhofs aus 1870. Faszinierend, oder?« Er tippte auf die Vitrine, in der die leicht vergilbte Zeichnung lag.

»Sehr spannend«, antwortete Toth. »Aber ich bin ja eigentlich wegen der ...«

»Oder schau dir das an«, unterbrach ihn der Kurator begeistert. »Der Rettungswecker von Wien. Eine Leihgabe vom Bestattungsmuseum. Die Glocke war mit einer Schnur am Handgelenk der Toten befestigt. Und bei der kleinsten Bewegung ...« Julius zog an der Schnur und brachte das verrostete Ausstellungsstück zum Läuten.

»Sehr praktisch«, erwiderte Alexander Toth und startete einen neuen Anlauf. »Du, Julius, das ist ja wirklich alles sehr spannend, aber eigentlich ...«

Wieder unterbrach ihn der Historiker, der aus dem Schwärmen gar nicht mehr herauskam. Er schob Toth zu einem Sarg, der auf einem Sockel aufgestellt war. »Das wäre vielleicht was für die heutige Zeit, bei der Inflation. Ein Sparsarg«, erzählte Julius und holte dabei kaum Luft. »Den hat der Kaiser 1784 eingeführt.« Jetzt atmete er doch kurz ein, doch ehe Toth seine Chance nutzen konnte, sprach Julius weiter: »Willst du wissen, warum er Sparsarg geheißen hat?«

Der Kurator erwartete keine Antwort, sondern gab sie gleich selbst: »Der hat eine aufklappbare Unterseite. Mit diesem Hebel hat sie sich geöffnet und plumps, lag der Verstorbene in der Grube. Und ja, bevor du fragst: Den Sarg hat man dann wiederverwendet«, erklärte Julius Toth, der eigentlich nicht hatte fragen wollen.

»Sollten wir auch einführen zum Sparen. Vielleicht gibt's dann mehr Gehalt«, scherzte Toth. »Aber, Julius, was ich dich eigentlich fragen wollte: Konntest du dir das Foto schon anschauen?« Jetzt hatte Toth die Frage, wegen der er hier war, zumindest einmal ausgesprochen. Was noch nicht hieß, dass er auch eine Antwort darauf bekam.

»Apropos Foto.« Julius Novak führte Toth zu einer gläsernen Vitrine, in der zahlreiche Fotografien ausgestellt waren. »Das hier ist eines der ersten Fotos vom damals neuen Zentralfriedhof auf Mattkollodiumpapier. Gut erhalten, nicht wahr?«

Toth verdrehte die Augen und schnaufte laut. Der Museumsmitarbeiter schien das nicht zu bemerken und deutete bereits zur nächsten Station der Jubiläums-Ausstellung.

»Das darf natürlich auch nicht fehlen«, sagte er, nahm eine schwarze Maske in die Hand und hielt sie sich vor sein eingefallenes Gesicht. »Aushuastverhüterli« stand in weißen Buchstaben auf dem Mund-Nasen-Schutz geschrieben. Das Produkt der Bestattung Wien war während der Coronapandemie zu einem echten Verkaufsschlager mutiert. Bevor Toth die Maske auch nur anfassen konnte, griff Julius Novak schon zum nächsten Objekt und hielt es Toth vor die Augen.

»Den Eiskratzer haben wir natürlich auch.« Er hielt den schwarzen, kleinen Schaber in die Luft und las laut vor: »›Mit uns kratzen Sie besser ab.‹ Das muss dir erst mal einfallen.«

»Julius, den kenn ich schon. Können wir jetzt bitte kurz über die Urne reden, wegen der ich hier bin?«, fragte Toth. Er klang mittlerweile so genervt, wie er sich fühlte.

»Ajaaa. Die Urne. Natürlich«, sagte Julius, um im selben Atemzug weiterzureden: »Ich habe mir für meine eigene Beerdigung auch schon eine Urne ausgesucht. Da gibt's jetzt so Öko-Varianten aus Maisstärke. Umweltfreundlich. Weißt du übrigens, wann die allererste Urnenbestattung in Wien durchgeführt wurde?«

»Julius! Die Urne auf dem Foto, das ich dir geschickt hab. Was hast du über die herausgefunden?«, fragte Toth. Seine kräftige Stimme hallte in der weitläufigen Ausstellungsfläche.

Julius Novak kratzte sich an seinem spärlich bewachsenen Kopf. Es wirkte, als würde er nachdenken. »Ah, die Urne vom Foto? Ein schönes Stück, hat eine tolle Geschichte. Die reicht zurück bis ins Frankreich des frühen 18. Jahrhunderts. War die Vorlage einer Vase, die für Ludwig XIV., den Sonnenkönig, hergestellt wurde ...«

Diesmal war Toth derjenige, der unterbrach: »Julius, ich wollte wissen, wieviel sie wert ist. Hast du das herausgefunden?«

»Natürlich habe ich das. Ich habe schließlich meine Dissertation über Vasen und Urnen von der Antike bis in die Gegenwart geschrieben, wie du dich sicherlich erinnerst«, sagte Julius. Seine Nickelbrille rutschte dabei wieder etwas an seinem Nasenrücken hinunter.

»Julius, was ist sie wert?« Alexander Toth schrie die Frage lauter, als er eigentlich wollte. Doch seine Geduld mit dem schrulligen Kurator war am Ende.

»Also die Urne, die du mir geschickt hast, ist natürlich nicht so wertvoll, wie so manche antiken Stücke, die wir übrigens da hinten ...« Julius wollte Toth bereits zur nächsten Station der abendlichen Führung lotsen.

Alexander Toth schlug mit der Faust fest auf den Tisch, neben dem sie standen, sodass der Leichenwagen aus Lego umkippte, der darauf ausgestellt war. »Julius! Wieviel?«

»Naja ...« Der Museumskurator musste sich räuspern. »Ich würde schätzen, so um die drei Millionen Euro.«

Julius wischte sich ein wenig Staub von seiner schiefen Weste und richtete den Legowagen wieder auf.

Manchmal bin ich ganz froh, keinen Kopf mehr zu haben. Ich sehe schon, wie Sie Ihren gerade schütteln und sich fragen, wie ich darauf komme. Es hat mehrere Vorteile. Man muss sich seinen Kopf nicht mehr zerbrechen, etwa übers Geschäft oder die eigenen Kinder. Man kann sich nichts mehr in den Kopf setzen, was ich in meinem Leben sehr oft getan habe. Und der größte Vorteil: Der Kopf kann nicht mehr wehtun. Ich spüre immer noch, wie mein Schädel damals gebrummt hat.

Vielleicht waren es doch ein paar Gläser zu viel vom Château La Fleur Pétrus. Oder waren es Flaschen? Ich kann mich kaum noch erinnern. Es war ein langer und feuchtfröhlicher Abend.

Am nächsten Morgen stand sie da. Mein wertvollstes Stück. Mein Heiligtum. Sie stach mir damals auf einem Flohmarkt in Paris sofort ins Auge. Von ihrem Wert erfuhr ich erst viel später. Seitdem wurde sie zu meinem Glücksbringer, den ich nur vor wichtigen Entscheidungen aus dem Safe holte.

Welcher Teufel hat mich nur geritten, sie in jener Nacht herauszuholen? Sie ausgerechnet jenem Menschen zu zeigen, der ihrer am wenigsten würdig ist?

Das war vielleicht der größte Fehler meines Lebens. Und zugleich mein letzter.

Donnerstag, 7.56 Uhr

Die beiden prächtigen Olivenbäume in ihren braunen Tontöpfen, die rechts und links vom Eingang standen, verliehen dem Platz ein südländisches Flair. Alexander Toth war ein paar Minuten zu früh gekommen und ließ sich mit geschlossenen Augen die morgendliche Sonne in sein blasses Gesicht scheinen. Er lauschte dem Klackern der vorbeitrabenden Fiaker-Pferde, die gerade ihren Dienst antraten. Er hatte das Geräusch schon als kleiner Bub geliebt, wenn er mit seiner Großmutter ausgedehnte Spaziergänge durch die Innenstadt unternahm. Oder besser gesagt: unternehmen musste. Toth hatte Spazierengehen als Kind gehasst.

Klack. Klack. Klack. Während der rhythmische Klang der Hufe immer leiser wurde, wurde ein anderes Klackern immer lauter. Als Toth die Augen wieder öffnete, erkannte er, woher es kam. Es war Marie-Theres mit ihren zitronengelben Pumps, die auf dem Kopfsteinpflaster offensichtlich Schwierigkeiten hatte, sicher zu gehen.

»Hast du auch die ganze Nacht nicht schlafen können?«, fragte sie, als sie atemlos vor ihm zu stehen kam. Alexander Toth bemerkte sofort, dass sie dieselbe Kleidung wie gestern Abend anhatte. Die beiden hatten sich nach dem Besuch im »Le petit Sac« vor dem Restaurant voneinander verabschiedet. Er hatte ihr nach seinem Besuch im Wien-Museum eine Nachricht auf WhatsApp über den wahren Wert der Urne geschickt.

»Offenbar mehr als du«, erwiderte er mit Blick auf ihr etwas zerknittertes Kleid, über das sie einen beigen Trenchcoat gezogen hatte.

Marie-Theres ging nicht auf die Anspielung ein, sondern kam sofort zur Sache: »Das ändert alles. Es geht also gar nicht um ein Verbrechen aus Leidenschaft, es geht um die kalte Gier.« Sie zog den Gürtel ihres Mantels etwas enger und fügte hinzu: »Bei dem Wert der Urne könnte es jeder oder jede gewesen sein.«

»Wie wahrscheinlich ist es, dass Alain nichts von der wertvollen Urne wusste? Vielleicht lügt er uns an«, stellte Toth fest und kratzte sich am Kinn. Das tat er immer, wenn er nachdachte. Sein Antlitz spiegelte sich in dem auf Hochglanz polierten Messingschild, das auf der Fassade des Hauses angebracht war, vor dem Toth und Marie-Theres standen.

Es war das Palais Harrach. Freyung Nummer 3. Eine noble Adresse im Herzen von Wien. Das Stadtpalais war bis vor einiger Zeit der Firmensitz der Signa Holding gewesen, die nach ihrer Pleite hier hatte ausziehen müssen. Nun residierte die »Boulanger Betriebs GesmbH« in den luxuriösen Räumlichkeiten, wie die gravierte Inschrift auf dem Messingschild verriet.

»Können wir da einfach reinspazieren?«, fragte Marie-Theres vorsichtig.

»Na klar«, antwortete Toth. »Nachdem der Benko hier ausgezogen ist, verirren sich immer wieder Schaulustige in das ehemalige Reich des Milliardärs«, fuhr er fort und ging durch den breiten Torbogen des Stadtschlosses.

Vor kurzem waren die Büroräumlichkeiten des ehemaligen Investors in allen Medien gewesen. Denn nach der Insolvenz wurde sämtliches Inventar versteigert. Von der Klobürste bis zum Konferenztisch. Eine Fußmatte brachte bei der Auktion sogar über 2.000 Euro.

»Das Geschäft mit den Teigtascherln muss wirklich gut gehen«, sagte Marie-Theres, als sie über die Prachtstiege im Eingangsfoyer ging und mit der Hand über das massive Geländer aus rotem Sandstein fuhr. An der mit aufwendigem Stuck verzierten Decke hing ein goldener Luster. Zwei der Lampen waren ausgebrannt.

»Hier muss es sein«, sagte Toth leise und deutete auf eine riesige Tür aus Milchglas. An der Wand daneben war ein Schild angebracht. »BB GesmbH Geschäftsführung« stand darauf geschrieben.

»Achtung, da kommt wer«, flüsterte Marie-Theres. Toth meinte, etwas wie Aufgeregtheit in ihrem müden Gesicht zu erkennen.

»Bleib ruhig. Das ist unsere Chance«, antwortete er und beobachtete die etwas beleibte Briefträgerin, die sich mit den Stufen der Prachtstiege sichtlich abmühte. Die Frau war offenbar derart außer Atem, dass sie Toth und Marie-Theres keine Beachtung schenkte. Sie drückte den Knopf, neben dem »Empfang« stand, und öffnete nach einem kurzen Surren die Tür.

Toth wartete etwas ab, um genau im richtigen Moment die Türe mit seiner Zehenspitze am Zufallen zu hindern. Nun hatte er den Fuß in der Tür, im wahrsten Sinne des Wortes.

»Sehr cool«, sagte Marie-Theres bewundernd.

»Komm schon. Und pssssst«, sagte Toth und deutete ihr, ihm zu folgen.

Als sich die Milchglastür geräuschlos schloss, sah Toth sich um. Vor ihnen lag ein menschenleerer, langer Gang. Am Parkettboden war ein roter Teppich ausgerollt. Er wirkte neu und warf keine Falten. An den Wänden hing abstrakte Kunst. Dazwischen ein meterhohes Schwarz-Weiß-Porträt einer Frau. Sie saß in einem hellen Ledersessel, hielt in der linken Hand einen Teller mit drei dampfenden Teigtaschen und blickte streng und entschlossen von der Wand. Toth erkannte sie sofort. Es war Patricia Boulanger.

»Vielleicht wollte Alain ihr nur eins auswischen und hat deshalb die Urne gestohlen?«, flüsterte Marie-Theres und zeigte auf das Porträt.

»Oder er hat dringend Geld gebraucht?«, erwiderte Toth.

»Aber warum hat er das nötig? Hast du seine Uhr gesehen? Wirklich arm wirkt er nicht«, sagte Marie-Theres. Bevor Toth antworten konnte, zuckte Marie-Theres vor Schreck zusammen.

Die Tür am Ende des Ganges öffnete sich mit einem lauten Schnaufen. Es war die Briefträgerin, die nach dem Erklimmen der Prachtstiege noch immer nach Sauerstoff gierte.

Alexander Toth setzte das Gespräch fort und tat so, als wäre es das Normalste auf der Welt, dass zwei Bestattungsmitarbeiter in Zivil hier standen und sich unterhielten. Mit Erfolg. Die Postlerin ging an ihnen vorbei.

Jetzt heißt es schnell sein, dachte sich Toth. Bevor noch jemand unerwartet aus einer Tür platzen konnte, sollten sie rasch möglichst viele Informationen sammeln. Er scannte wie immer seine Umgebung binnen weniger Sekunden. Hinter der zweiten Tür an der rechten Seite des Ganges befand sich der Konferenzraum. Toth meinte, leise Stimmen zu hören. Es war zwar riskant, aber er wollte einen kurzen Blick erhaschen.

»Bist du verrückt?«, zischte Marie-Theres, als Toth zunächst vorsichtig sein Ohr an die hohe Flügeltür legte und sie dann einen kleinen Spalt öffnete und wartete. Glück gehabt. Niemand hatte es bemerkt. Toth fühlte, wie sein Puls schneller wurde. Durch den Türschlitz erkannte er einen großen, ovalen Besprechungstisch. Rechts saßen drei Männer in Anzügen. Links ebenso. Keiner davon war Alain. Am Tischende saß jene Frau, die sie gerade eben schon mit finsterem Blick von ihrem Porträt aus beobachtet hatte. Patricia Boulanger sprach mit ausladenden Gesten und wirkte aufgebracht.

»Es ist mir egal, wie mein Mann das gemacht hat. Jetzt sitze ich hier«, blaffte sie in ihrem französischen Akzent. Toth schloss die Türe. Er hatte genug gesehen.

Ihre neue Position in der Firma Boulanger hatte ihnen Patricia gekonnt verschwiegen. Hatte die Witwe ihre Bestürzung vor dem Mausoleum nur gespielt? War sie vielleicht sogar froh, dass nun sie und nicht mehr François das Sagen im Teigtascherl-Imperium hatte?

Marie-Theres unterbrach Toths Gedanken und flüsterte neugierig: »Und, was hast du gesehen?«

»Später, lass uns verschwinden«, antwortete er und ging schnellen Schrittes in Richtung der Milchglastür. Marie-Theres folgte ihm wortlos.

Alexander Toth spürte, wie die Anspannung in ihm langsam nachließ, als er die Prachtstiege des Palais hinunterging. Er wollte gerade ansetzen, um Marie-Theres von seinen Beobachtungen zu berichten, als diese ihn an der Schulter packte und nach unten drückte. Als sie sich duckten, um sich hinter einer der rötlichen Steinsäulen zu verstecken, erkannte Toth den Grund. Alain hatte gerade das prachtvolle Stiegenhaus betreten und nahm den rechten Aufgang zur Beletage. Er trug einen beigen Cordanzug, dazu ein hellrosa Hemd. Er wirkte gedankenverloren, als er gemächlich eine Stufe nach der anderen nahm. Toth erwartete, dass Alain gleich hinter der Milchglastür verschwinden würde, doch er ging daran vorbei.

»Wo geht der hin?«, flüsterte Marie-Theres zu Toth. Ihre Lippen berührten dabei sein Ohr.

»Das werden wir herausfinden«, antwortete Toth und stand vorsichtig auf. Sein Kniegelenk machte dabei einen lauten Knacks.

Die blonde Sargträgerin tippte sich mit dem Zeigefinger gegen die Stirn, folgte ihm aber dennoch. Gemeinsam schlichen sie die Stiegen wieder hinauf, vorbei an der Milchglastür der Geschäftsführung in die nächste Etage, wo auch Alain hingegangen war.

Wo war er? Toth wollte Alain genügend Vorsprung geben, um nicht entdeckt zu werden. Doch nun hatte er keine Ahnung, hinter welcher der Türen im ersten Stock des Palais Harrach er verschwunden war. Toth kratzte sich am Kinn und dachte darüber nach, wie sie nun vorgehen sollten, als es läutete. Es war ein dumpfes Geräusch, das von hinter einer dieser Türen kam. Es klang wie ein Handyklingelton.

Die mannshohe Steinamphore am Ende des Stiegenaufganges war gerade breit genug, um sich dahinter zu verstecken. Toth und Marie-Theres beobachteten eng zusammengedrängt, wie sich die rechte der drei Türen öffnete und Alain mit dem Handy am Ohr herauskam.

»Ja, ich komm schon runter. Ich bin gleich da«, sagte er hörbar entnervt, ging an der Amphore vorbei und schlenderte die Stufen wieder hinunter. Gestresst sah er nicht aus.

»Los, komm!«, sagte Toth und gab seiner Kollegin einen Ruck.

»Du willst nicht wirklich…«

»Das ist unsere Chance. Nummer zwei heute«, lächelte Toth und war wieder voller Adrenalin. »Wenn er kommt, klopfst du drei Mal, OK?« Er ließ seine Kollegin zurück, damit sie Schmiere stand, und öffnete die Flügeltüre, die Alain eben geschlossen hatte. Dahinter lag ein Gang. Er war ähnlich groß wie jener der Geschäftsführung, der ein Stockwerk tiefer lag, jedoch bei weitem nicht so prächtig eingerichtet. Das erste Zimmer rechts stand offen. Neben der Tür hing ein mit Klebeband fixierter Zettel, auf dem handgeschrieben »Alain Boulanger« stand. Der Raum passte so gar nicht in dieses prächtige Palais. Er war kaum größer als eine Abstellkammer.

Am Boden standen einige, teils geöffnete Umzugskartons, wie schon in der Villa Boulanger. Musste Alain nicht nur zu Hause ausziehen, sondern auch aus seinem Büro? War er in diese Rumpelkammer versetzt worden? Toth begutachtete vorsichtig den Inhalt der Kartons, ohne die Gegenstände zu berühren. Er sah mehrere Mappen. Ein gerahmtes Bild von François Boulanger. Eine Füllfeder. Nichts Verdächtiges.

Den nächsten Karton musste Toth vorsichtig öffnen. Es stand »privat« darauf. Die Deckel waren nur zusammengesteckt und nicht mit Klebeband verschlossen. Als der Bestatter freie Sicht auf den Inhalt hatte, staunte er nicht schlecht. Alain grinste ihm entgegen. Lächelnd mit weißer Kochmütze, auf dem Cover einer Broschüre. Toth zog das dünne Heft vorsichtig heraus. Es war eine Art Werbeprospekt für einen Back- und Kochworkshop. Von und mit: Alain Boulanger. Toth nahm eine der billig produzierten Broschüren, faltete sie zusammen und steckte sie in die Tasche seines dunkelgrünen Parkas.

Alexander Toth kramte weiter und fand ein paar unleserliche, handgeschriebene Notizen und einige Fotos, die Alain vor teuren Autos, im Restaurant und mit seinem Vater zeigten. Ganz unten lagen einige Bücher. Eines davon hieß: »Wie werde ich reicher als meine Eltern«

Toth musste schmunzeln. Er wollte die Kiste schon schließen, da entdeckte er einen Bene-Ordner. »Mein Traum« stand mit schwarzen, dicken Buchstaben auf dem roten Deckel des Ordners.

Bumm. Bumm. Bumm. Toth fiel beinahe die Mappe aus der Hand. Er spürte, wie sein Puls wieder schneller wurde. Toth zögerte. Er war sich unsicher, ob er nicht ohnehin schon zu weit gegangen war. Nach Marie-Theres' Klopfzeichen könnte Alain jeden Moment hier reinkommen. Doch seine Neugierde war größer. Er öffnete die Mappe und blätterte so schnell er konnte darin herum. Toth sah viele Zahlen. Berechnungen, Aufstellungen, Listen. Es war eine Art Business-Plan. »Zur Realisierung des Geschäftsmodells einer neuen Restaurantkette mit integrierten Koch- und Backschulen werden Eigenmittel von 2,5 Millionen Euro benötigt«, stand am letzten eingehefteten Blatt des Ordners.

Wie ferngesteuert packte er Mappe, Bücher und Broschüren zurück in den Karton und verschloss ihn, so gut es in der Eile ging. Toth musste raus hier. Jetzt. Als er das kleine Zimmer verließ, sah er, wie Alain den schmucklosen Gang betrat. Nur die Ruhe bewahren, dachte sich Toth. Er bemühte sich, in möglichst normalem Tempo zu gehen. Nur nichts anmerken lassen.

Als sich die Wege der beiden kreuzten, murmelte Toth ein kaum verständliches »guten Tag«, senkte seinen Blick und ging an Alain vorbei. Alains Blick war auf sein Smartphone gerichtet. Er tippte darauf herum und grüßte nicht. Toth war sich nicht einmal sicher, ob er ihn überhaupt bemerkt hatte. Ein Hoch auf den Smombie.

»Beeil dich«, rief Marie Theres im Flüsterton, als Toth das Stiegenhaus betrat. Sie hatte sich hinter der Amphore versteckt, die ihnen bereits vorhin Schutz geboten hatte. Ohne sich noch einmal umzudrehen, suchte Toth neben ihr Deckung hinter dem mannshohen Steinkrug.

»Das war knapp«, sagte sie. »Genug riskiert. Raus hier.« Marie-Theres gab ihrem Kollegen einen leichten Stoß.

Erst als sie das Gebäude verlassen hatten und zwischen den Olivenbäumen standen, spürte Toth, wie die Anspannung von ihm abfiel. Er atmete kräftig ein und aus.

»Und? Was hast du herausgefunden?«, platzte es aus Marie-Theres heraus, deren Panik offenbar der Neugierde gewichen war.

»Ich sag mal so: Unser Alain kann das Geld gut brauchen«, sagte Toth. Hinter ihnen fuhr eine Fiaker-Kutsche über den gepflasterten Boden der Freyung.

Donnerstag, 10.51 Uhr

Mit chirurgischer Präzision fuhr er mit seinem Besteck unter die oberste Schicht, klappte sie langsam auf und löste sie vorsichtig ab. Er hatte den Eingriff unzählige Male vorgenommen und war dementsprechend geübt. Nach wenigen Augenblicken hatte Alexander Toth sein Werk vollbracht und die Zuckergussschicht der Cremeschnitte entfernt. Operation gelungen.

»Was machst du da?«, fragte Marie-Theres verwundert. Sie saß auf der anderen Seite des kleinen Tischs in der Ecke des Lokals.

»Die heb ich mir immer für den Schluss auf. Ist das Beste«, antwortete Toth und schob die hellweiße, rechteckige Kalorienbombe mit seinem Finger an den Tellerrand.

Der Bestatter und die Sargträgerin hatten die ersten beiden Trauerfeiern des Tages bereits erledigt und sich zur Lagebesprechung verabredet. Sie saßen in der Kurkonditorei direkt neben dem Tor 2 des Zentralfriedhofs, die vor wenigen Jahren eröffnet worden war. Parkettboden, dunkle Holzstühle, helle Decke mit eingelassenen Spots. Die Vitrine mit den Mehlspeisen war um diese Uhrzeit noch gut gefüllt. Lediglich einige wenige Plätze waren belegt. Toth und Marie-Theres saßen direkt neben dem Fenster mit Blick auf die Grabreihen.

»Wer hätte davon profitiert, die Urne zu verkaufen?« Toth schob sich ein Stück seiner Cremeschnitte in den Mund und mampfte beim Sprechen.

Marie-Theres, die so wie der Bestatter in ihrer dunklen Arbeitsmontur gekleidet war und ihre blonden Locken zu einem Zopf gebunden hatte, antwortete mit einer Gegenfrage: »Ich frag mich, wo man so eine seltene und teure Urne überhaupt verkaufen kann?«

Alexander Toth hatte bereits runtergeschluckt und spülte mit einem Schluck von seiner Melange nach, bevor er weitersprach. »Am Schwarzmarkt oder im Darknet ist das überhaupt kein Ding. Darüber habe ich mal eine Reportage gemacht.«

Ein lautes Rumpeln, gepaart mit Quietschgeräuschen, unterbrach das Gespräch. Obwohl die halbe Konditorei leer war, schob die Kellnerin zwei Tische direkt neben Toth und Marie-Theres zusammen und bat neue Gäste Platz zu nehmen. Es waren deutsche Touristen mit einem Fremdenführer, die offenbar gerade eine Friedhofstour unternahmen und sich eine süße Stärkung holten.

»Im Prinzip hätten sowohl Maria Zucker als auch Alain Boulanger vom Verkauf profitiert«, fuhr Toth fort. Er musste seine Stimme etwas heben. Die Gäste am Nachbartisch unterhielten sich lautstark über den Unterschied zwischen Melange, Cappuccino und Einspänner.

»Du meinst den Klunker?«, warf Marie-Theres ein. Sie hatte nur einen Espresso bestellt und ihn mit einem Schluck ausgetrunken.

»Vielleicht hat sie den gar nicht aus der Asche machen lassen, sondern hat sich den mit einem Teil des Geldes gekauft. Als Andenken«, sagte Toth.

»An ihren Franz«, ergänzte Marie-Theres, fügte aber sofort hinzu: »Ich tippe eher auf den Alain.«

»Der könnte das Geld sehr gut für sein Back-Business gebrauchen. Ob sein Vater und Patricia Boulanger von seinen Plänen wussten?«, stellte Toth in den Raum.

»Die Patricia hat jedenfalls kaum ein Motiv. Der gehört jetzt offenbar eh die Firma. Die braucht das Geld nicht«, meinte Marie-Theres.

Am Nachbartisch war nun eine heftige Diskussion zwischen den drei Touristen entbrannt, worum es sich bei einer Kardinalschnitte handle. Der Fremdenführer versuchte sachlich aufzuklären. Ein kulinarisches Quartett.

»Was ist eigentlich mit diesem entfremdeten Kind? Sophie hieß sie, oder? Über die haben wir noch gar nicht gesprochen«, fuhr Marie-Theres fort. Sie schlürfte lautlos den letzten Tropfen Kaffee aus ihrer Espressotasse.

Alexander Toth spürte, wie sich ein flaues Gefühl in seiner Magengegend breit machte. Es war ihm nach wie vor unangenehm, vor Marie-Theres über Sophie zu sprechen. Das Blut stieg ihm in den Kopf und er roch plötzlich das süßliche Parfüm, das seine Ex-Freundin immer trug. War er nun komplett verrückt geworden?

»Hallo, Alex!« Toth kannte die Stimme, doch er reagierte nicht. Sie konnte nicht hier sein. Es war unmöglich.

»Na, kennst du mich nicht mehr?«, fuhr die Stimme fort. Toth befand sich in einer Art Schockstarre. Erst als Marie-Theres ihm deutete, sich umzudrehen, kam er in Bewegung.

»Ähm. Hallo. Hallo, Sophie«, brachte Toth heraus. Sie war es tatsächlich. Sophie Bäcker, seine Ex-Freundin, stand leibhaftig vor ihm. Ihre glänzenden kastanienbraunen Haare trug sie diesmal offen. »Was machst du hier?«

»Das ist ja eine nette Begrüßung«, antwortete Sophie und lachte. »Willst du mich nicht vorstellen?« Sie strich sich dabei eine lange Haarsträhne aus dem Gesicht.

Alexander Toth blickte unsicher zwischen Sophie, Marie-Theres und seiner halben Cremeschnitte hin und her. Am liebsten hätte er sich unbemerkt aus der Konditorei bringen lassen, von ihm aus auch in einem Sarg. Egal. Hauptsache weg hier.

»Ah, sorry. Ja, klar. Darf ich vorstellen: Das ist Marie-Theres, meine Kollegin. Marie-Theres, das ist Sophie...« Toth geriet ins Stottern. »Meine ehemalige Chefin«, beendete er den Satz.

Sophie lachte so laut auf, dass sich die Touristen, die mittlerweile vor ihren Kardinalschnitten saßen, zu ihnen umdrehten. »Ja, so kannst du es auch nennen«, sagte sie.

Alexander Toth sah in Marie-Theres' verwundertes Gesicht und stopfte sich aus Verlegenheit ein viel zu großes Stück Cremeschnitte in den Mund. So musste er zumindest nichts sagen.

»Ich bin hier, weil wir die Locations für die Übertragung checken«, erklärte Sophie. »Wir senden eure 150-Jahr-Feier live im Fernsehen. Schade, dass du nicht mehr dabei bist.« Sie klopfte Toth auf die Schulter. Der Bestatter spürte, wie sich ein leichter Schweißfilm auf seiner Stirn bildete und schob sicherheitshalber eine weitere Gabel Cremeschnitte in seinen Mund.

»Übrigens, Alex, ich bin dir so dankbar, dass du in der Urnen-Sache ermittelst. Ich war mir nicht sicher, als ich vorgestern deine Wohnung verließ«, fuhr die Fernsehchefredakteurin fort.

Toth blieb das recht saftige Stück Mehlspeise beinahe im Hals stecken. Er musste husten und trank einen Schluck Leitungswasser, das in Wien immer zum Kaffee serviert wurde.

Marie-Theres' Blick konnte Toth mittlerweile nicht mehr interpretieren. Die Tränen, die ihm durch das Husten aufgestiegen waren, nahmen ihm die Sicht.

»Ich muss jetzt leider los, die Kollegen warten«, sagte Sophie, beugte sich zu Toth und gab ihm ein Küsschen auf die Wange. »Vielleicht hast du später Zeit zum Plaudern. Wenn wir fertig sind, besuche ich das Grab meiner Mutter. Gruppe 41F, Reihe 9, Nummer 16«, fügte sie hinzu und warf noch ein »Hat mich gefreut«, in Marie-Theres' Richtung.

Weder Toth noch Marie-Theres sprachen ein Wort. Der Fremdenführer am Nachbartisch versorgte seine Touristen mit Anekdoten und Witzen rund um die Wiener Bestattung, die diese mit lautem Lachen quittierten.

»Was ist der Unterschied zwischen Zürich und dem Wiener Zentralfriedhof?«, fragte er. »Der Zentralfriedhof ist nur halb so groß, aber doppelt so lustig.«

Marie-Theres lachte nicht. »Sophie und du, ihr kennt euch?«, fragte sie kühl. »Von ihr weißt du also, wer einen Schlüssel zum Mausoleum hatte. Sie ist deine Quelle.«

Die Sargträgerin stand auf und ließ Toth vor seinem mittlerweile fast leeren Teller zurück. Er aß noch ein letztes Stück der Cremeschnitte. Etwas Süßes könnte vielleicht die Nerven in dieser Situation beruhigen. Vergeblich. Auf die Zuckerglasur hatte er keine Lust mehr.

Donnerstag, 11.13 Uhr

»Wann hast du eigentlich vorgehabt, mir davon zu erzählen? Ich dachte wir sind ein Team«, sagte Marie-Theres. Sie stieß dabei mit ihrem Fuß gegen einen Tannenzapfen, der am Boden lag. Er war wohl von einem Trauerkranz abgefallen. Das Bockerl, wie man diese Zapfen auf Wienerisch nannte, flog direkt auf einen dunklen Granitgrabstein zu und prallte daran ab. Eins zu Null für die verstorbene Hofratswitwe.

»Ich kann dir das erklären«, schnaufte Toth, der von dem kurzen Sprint völlig außer Atem war. Kaum hatte er den Satz ausgesprochen, merkte er, wie klischeehaft er klang.

Alexander Toth hatte nach Marie-Theres' Abgang in der Konditorei zwanzig Euro auf den Tisch gelegt und war ihr hinterhergesprintet.

Er rief nach ihr, doch sie ignorierte ihn. Erst als Toth seine Kollegin am Hauptweg zwischen Tor 2 und Bartholomäus-Kirche eingeholt und dabei fast einen Trauerzug gecrasht hatte, würdigte sie ihn eines kurzen Blickes. Mit verschränkten Armen und starrem Blick wartete die Sargträgerin auf eine Antwort.

»Ich kenne Sophie schon sehr lange«, sagte Toth. Seine Stimme klang brüchig und unsicher.

»Und weiter?«, fragte Marie-Theres so streng, wie Toth sie noch nie gehört hatte.

»Sie war nicht nur meine Chefin«, fuhr der Bestatter fort. Er brachte die Wahrheit kaum über die Lippen. Aber

er wusste, dass er jetzt keine andere Wahl mehr hatte.
»Wir waren auch ein Paar.«

Brrrr. Brrrr. Brrrr. In Alexander Toths dunkler Arbeitshose vibrierte es. Er wusste, dass es unhöflich war, genau jetzt sein Handy herauszuholen, doch er empfand es als willkommenen Ausweg aus dieser unangenehmen Situation.

»Na? Schreibt dir Sophie schon?«, fragte Marie-Theres.

Alexander Toth war so gebannt von der Nachricht, dass er die süffisante Bemerkung seiner Kollegin gar nicht richtig wahrnahm. Blumenhändlerin Meter hatte ihm eine Nachricht geschrieben:

»Rosenfrau war gerade bei mir. Hat Gartenset gekauft. Ist jetzt beim Urban Gardening. LG M«

Seit Toth sie kannte, setzte Meter ans Ende jeder Nachricht ein Tulpen-Emoji. Die Salatsamen, die Toth Maria Zucker geschenkt hatte, zeigten offenbar ihre Wirkung.

»Wir müssen los«, sagte Toth.

»Ist das dein Ernst?«, fragte Marie-Theres.

Toth drehte das Display seines Smartphones zu seiner Kollegin und hielt es ihr unter die Augen.

»Meter hat geschrieben. Unsere Sugar Mary ist am Friedhof, beim Urban Gardening.« Toth hoffte, dass die Ermittlungen Marie-Theres auf andere Gedanken bringen würden. Er setzte einen flehenden Blick auf.

»Ich geh nur mit, weil ich neugierig bin und den Fall lösen will, nicht wegen deinem Hundedackelblick«, zischte sie. Sie kickte ein weiteres Bockerl weg. Diesmal landete es auf Toths Oberschenkel. Knapp verfehlt.

Schweigend gingen die beiden mit schnellen Schritten zu der Urban-Gardening-Anlage des Friedhofs. Die Gartenparzellen wurden auf einer bis dahin ungenutzten Wiesenfläche angelegt und waren mit einem Metallgitter eingezäunt. Von außen sah das Ganze ein wenig aus wie eine Hundezone, nur ohne Hunde.

»Jetzt versteh ich, warum Sophie nicht auf der Liste der Verdächtigten steht«, sagte Marie-Theres, als die beiden vor der Gartenanlage standen. »Weil du mit ihr zusammen warst.«

»Blödsinn«, antwortete Toth bloß und deutete auf eine Frau, die vor einem der Beete kniete und mit einer kleinen Schaufel in der Erde herumstocherte. »Da ist sie!«

Maria Zucker war die einzige Hobbygärtnerin in der Anlage. Die Frau mit den ondulierten, hellblonden Haaren trug keine Schürze oder Handschuhe. Sie war wieder elegant gekleidet und wirkte mit ihrem dunkelblauen Blazer und ihrer weißen Bluse etwas fehl am Platz. Neben dem Korb voller Gartenutensilien, die sie bei Meter gekauft hatte, lag ein Sackerl vom Meinl am Graben. Maria Zucker hatte darin offenbar kleine Pflanzen und Samen mitgebracht. Die Mittagssonne stand hoch am Himmel und spiegelte sich in dem auffälligen Klunker, den Zucker auch diesmal um den Hals trug. War es François Boulanger, der da so funkelte? Oder hatte sie sich den Stein mit dem Geld gekauft, das sie aus dem Verkauf der gestohlenen Urne bekommen hatte?

»Ich sehe, Sie haben Verwendung für unsere Salatsamen gefunden«, eröffnete Toth das Gespräch, als er direkt vor Maria Zuckers Beet stand. Marie-Theres stand einen Halbschritt dahinter.

»Ah, Sie sind es«, sagte Maria Zucker. Sie kniete noch immer vor dem Erdloch und schaute Toth und Marie-Theres von unten an. Sie griff sich an ihren Nacken. Offenbar hatte sie Schmerzen bei der Bewegung. »Ich habe früher so gerne gegartelt. Danke, dass Sie mich auf die Idee gebracht haben.«

»Eine besondere Kette haben Sie. Ist mir letztes Mal schon aufgefallen«, mischte sich Marie-Theres in das Gespräch ein.

Maria Zucker griff vorsichtig nach dem Stein und blickte ihn liebevoll an.

»Der Stein funkelt so schön in der Sonne. Woher haben Sie den denn?«, fuhr Marie-Theres fort und ging einen Schritt auf die noch immer kniende Maria Zucker zu.

»Was soll denn das? Ist das ein Verhör hier? Das ist Privatsache«, sagte Maria Zucker. Sie stützte sich mit der rechten Hand am Boden ab und wuchtete sich in die Höhe. Ihre weiße Bluse war von der Erde ein wenig schmutzig geworden.

Marie-Theres griff vorsichtig nach der Kette und sagte: »Ich will den Stein ja nur kurz anschauen, Frau Zucker.« Kaum hatte Marie-Theres den Arm ausgestreckt, brach die alte Dame in hysterisches Geschrei aus. Sie fuchtelte wild mit den Armen und versuchte, die zudringliche Sargträgerin abzuwehren. Es entstand ein regelrechtes Handgemenge, das Alexander Toth zunächst wortlos verfolgte. Das war ihm zu viel Aufregung für einen Tag.

»Der Diamant ist verdächtig«, fuhr es aus Marie-Theres heraus, als Alexander Toth schließlich doch dazwischen ging und die beiden Frauen voneinander zu trennen versuchte. So mischten sich noch zwei weitere Hände in das Gerangel.

Klirr.

Das Geräusch ließ den Streit augenblicklich enden.

»Neeeeein! Fraaaaanz!«, schrie Maria Zucker. Sie blickte fassungslos auf den Steinweg, der zwischen den einzelnen Beeten verlegt worden war, und schluchzte laut auf.

Alexander Toth versuchte, seine Gedanken zu ordnen. War das gerade eben wirklich passiert? War der funkelnde Stein tatsächlich in tausende kleine Splitter zerschellt?

Zumindest eine Frage hatten sie mit der unglücklichen Aktion beantwortet. Es konnte kein echter Diamant gewesen sein. Weder einer aus François' Asche noch ein anderer, gekauft mit den Urnen-Millionen. Ein echter Diamant wäre nicht zerbrochen.

Alexander Toth warf Marie-Theres einen wissenden Blick zu, den seine Kollegin quittierte. Sie dürfte für einen Moment die Sache mit Sophie vergessen haben. Toth verspürte Erleichterung.

»Es tut uns wahnsinnig leid, Frau Zucker. Wir werden natürlich für den Schaden aufkommen«, versuchte Toth, die weinende Frau zu beschwichtigen.

Maria Zucker holte ein hellblaues Stofftaschentuch aus ihrer Handtasche und putzte sich die Nase. Mit verschnupfter Stimme sagte sie: »Der Stein ist unbezahlbar.

Da ist die Energie vom Franz drinnen.« Sie wischte sich ihre feuchten Augen trocken. »Meine Energetikerin hat für mich extra die Energie vom Franz in diesem Kristall konserviert.« Sie schnäuzte sich erneut und fuhr fort: »Und jetzt ist er weg.« Zucker versuchte, die kleinen Kristallsplitter mit der Hand aufzusammeln.

Das Bild von Maria Zucker, wie sie mit Tränen in den Augen die Überreste ihres Schmuckstücks in der Erde suchte, holte Toth und Marie-Theres in die Realität zurück. Die Erleichterung, die Toth vor wenigen Augenblicken noch verspürt hatte, war verschwunden.

»Ich glaube, wir stecken in einer Sackgasse«, sagte Marie-Theres leise, ohne Toth anzublicken. »Vielleicht hast du ja mit Sophie mehr Glück.«

Und noch bevor der Bestatter darauf etwas erwidern konnte, hatte sich Marie-Theres umgedreht und schnellen Schrittes davon gemacht. Sie ließ Toth und Maria Zucker in einem Scherbenmeer zurück.

Donnerstag, 12.02 Uhr

Die Fahne flatterte im Fahrtwind. Von weitem erinnerte sie Toth ein wenig an ein Piratenschiff, das immer näherkam. Doch der weiße, grinsende Totenkopf auf schwarzem Hintergrund war das offizielle Logo der 150-Jahr-Feier des Wiener Zentralfriedhofs und warb seit kurzem auch auf den Wiener Straßenbahnen für das große Jubiläum. Kurt Sauprigl hatte die Kampagne, wie man hörte, ohne Ausschreibung an einen befreundeten Werber vergeben, dessen Agentur auch das Maskottchen »Bodschi« kreiert hatte. Der Name sollte an den Ausdruck »die Bodschn strecken« erinnern, den man in Wien oft fürs Sterben verwendete. Als die Straßenbahngarnitur der Linie 71 vor dem Tor 2 stoppte, hing die Fahne mit »Bodschi«, die am Dach über der Fahrerkabine montiert war, schlaff herunter, sodass nur noch seine rechte Augenhöhle zu sehen war.

Alexander Toth sah die Bim, aus der nur ein paar wenige Passagiere ausstiegen, aus dem Augenwinkel. Er stand wie angewurzelt auf dem betonierten Platz direkt neben der Straßenbahnstation und musterte die verschiedenen Blumen, die in bunten Kübeln vor Meters Geschäft standen. Wegen des schönen Wetters hatte die Blumenhändlerin den Großteil des Sortiments ins Freie geräumt.

»Was ist dir denn für eine Laus über die Leber gelaufen? Du bist ja heute noch bleicher als deine Kunden«, fragte Meter Pospischil, als sie den Bestatter vor ihrem Laden sah.

Alexander Toth merkte zunächst gar nicht, dass Meter ihn angesprochen hatte. Er stand vor den Blumen wie bestellt und nicht abgeholt und spürte, wie die Sonne auf seiner Kopfhaut brannte. Seine lichten hellroten Haare boten nur wenig Schutz.

»Hey, Toth! Was ist mit dir? Liebeskummer?«, schoss die resolute Blumenhändlerin nach.

Wie in Trance ließ Alexander Toth seinen Blick von einem zum anderen Blumenstrauß schweifen. Rote Rosen, gelbe Sonnenblumen, weiße Lilien. Manche waren schon zu fertigen Buketts oder Kränzen gebunden. Andere warteten getrennt nach Sorten auf Kundschaft.

»Ich brauch einen Blumenstrauß«, sagte Toth trocken. Er blickte dabei nicht in Meters Gesicht, sondern nahm eine der Lilien aus dem blauen Kübel und roch daran. Der süße Duft stieg ihm in die Nase.

Die kleinwüchsige Blumenhändlerin beobachtete den Bestatter mit verschränkten Armen. Ihre Gartenschere, mit der sie gerade eben noch Ligusterzweige gestutzt hatte, hatte sie beiseitegelegt.

»Die kannst du gleich wieder zurückstecken, Toth. Außer du willst deinen Erzfeind beschenken«, sagte Meter und deutete auf die gelbe Lilie, die Toth noch immer in der Hand hielt. Endlich wendete ihr Toth sein Gesicht zu.

Meter griff nach der Lilie und steckte sie vorsichtig zurück zu den anderen. »Gelbe Lilien stehen für Falschheit, Neid und Selbstgefälligkeit. Ich nehm' nicht an, dass Marie-Theres damit eine große Freude hätte.«

Alexander Toth spürte, wie das Blut in seinen Kopf stieg und sein Gesicht noch roter wurde, als es von der prallen Herbstsonne ohnehin schon war. Er wusste, dass es keinen Sinn hatte, Meter etwas vorzumachen. Doch noch bevor er antworten konnte, fuhr die Frau mit der blonden Igelfrisur fort: »Wenn man euch zwei mal getrennt hier am Friedhof sieht, dann muss es ordentlich gekracht haben.«

Alexander Toth strich vorsichtig über die weichen, gefüllten Blüten des Straußes direkt vor ihm. Diesmal musste er sich die Blumen nicht direkt unter die Nase halten. Auch so war der herbe, fast metallische Geruch stark genug. Er verzog das Gesicht. Trotzdem zog er ein paar der prachtvoll blühenden Blumen heraus.

»Du hast echt den richtigen Riecher für die falschen Blumen«, sagte Meter, als sie seine Wahl bemerkte. »Die weißen Chrysantemen haben bei mir zwar grad Hochsaison, aber für Gräber. Die stehen für Trauer und Tod.«

Alexander Toth schob das weiße Plastik-Preisschild, das im Kübel steckte, zur Seite und steckte die Chrysanthemen einzeln zurück. Er hatte den Impuls, die Blumensuche zu beenden und zu gehen. Raus aus der Situation. Weg von Meter und ihrer scharfsichtigen Menschenkenntnis. Seine Mittagspause war ohnehin gleich zu Ende.

»Weshalb habt ihr euch denn gestritten?«, fragte Meter und strich dem Bestatter mütterlich über den Unterarm. Toth fühlte, wie rau ihre Finger waren. Ihre Hände waren offenbar von Rosendornen ganz zerkratzt.

»Lange Geschichte«, wich Toth aus und griff aus Verlegenheit zu den nächsten Blumen, die in der Sonne gelb strahlten.

Meter schüttelte den Kopf und hielt sich die Hand vor die Augen. »Du warst vielleicht ein guter Journalist und bist ein guter Bestatter. Aber als Florist wärst du fürchterlich.«

»Was ist denn jetzt schon wieder?«, fragte Toth genervt und bemerkte den süßlich-aromatischen Duft, den die Blume in seiner Hand verströmte.

»Du willst, dass Marie-Theres wieder mit dir spricht, oder? Dann steck die gelbe Nelke ganz schnell zurück«, mahnte Meter. »Den Fehler hat erst unlängst eine junge Frau gemacht.«

Toth hatte mittlerweile Übung darin, die Blumen wieder in den Kübel mit Wasser zu stecken. Diesmal blieb er mit dem Stängel der Nelke allerdings an einer der anderen Blüten hängen und brach ihn ab. Toth warf Meter einen entschuldigenden Blick zu.

»Das war bei der Trauerfeier für diesen Teigtascherl-Titan«, sagte Meter. Sie nahm Toth die abgebrochene Blume ab und steckte sie sich hinter ihr Ohr.

Der Bestatter war auf einmal wieder hellwach. Für einen Moment waren der Streit mit Marie-Theres und sein peinlicher Auftritt hier im Blumengeschäft wie weggeblasen.

»Was war bei dieser Trauerfeier?«, fragte Toth. Sein Ermittlerinstinkt schlug an. Es wunderte ihn selbst, wie souverän er mit einem Mal klang.

»Da waren lauter Schickimicki-Leute. Nur eine junge Frau hat ganz anders ausgesehen. Die war ziemlich Öko«, erzählte Meter und richtete dabei die Blumen in den Kübeln zurecht, die nach Toths floralem Auswahlverfahren unterschiedlich weit herausstanden.

»Du meinst mit Dreadlocks und labbriger Kleidung?«, fragte Toth und dachte dabei an Brigitte Boulanger.

»Ja, genau. Die war bei mir und hat für die Trauerfeier genau solche gelben Nelken bestellt. Einen ganzen Strauß davon«, sagte Meter und deutete auf den Kübel mit den Nelken.

»Und?«, fragte Toth achselzuckend.

»Die stehen für Verachtung. Diese Blumen schenkst du jemandem, wenn du ihn wirklich hasst«, antwortete Meter und fügte hinzu: »Schön sind sie trotzdem, deshalb habe ich sie im Sortiment.«

Alexander Toth war im Begriff, sein Handy aus der Tasche seiner dunklen Arbeitshose zu holen, um Marie-Theres von dieser Neuigkeit zu berichten. Hatten sie nun eine neue Verdächtige? Doch bevor er sein Smartphone entsperrte, fiel ihm der Streit wieder ein und der Grund, warum er hier vor Meters Blumenladen stand. Ein drückendes und schweres Gefühl machte sich in seiner Magengegend breit.

»Also die oder die würde ich dir empfehlen«, sagte Meter. Sie hatte zwei unterschiedliche Blumen geholt und hielt je eine in ihrer rechten und in ihrer linken Hand.

»Mit der Sonnenblume sagst du Entschuldigung, mit der roten Rose hast du eine kleine Liebesbotschaft auch dabei«, erklärte Meter und zwinkerte Toth mit ihrem linken Auge zu.

Noch bevor der Bestatter antworten konnte, mischte sich eine ältere Dame mit grauen Haaren und Kunstpelzmantel, in dem ihr bei den Temperaturen viel zu heiß sein musste, ins Gespräch. Sie hatte unauffällig das Blumensortiment gemustert und wohl die gesamte Unterhaltung zwischen Toth und Meter verfolgt.

»Wenn ich Ihnen einen Tipp geben darf, junger Mann«, sagte die Dame. »Frauen und Straßenbahnen läuft man nicht nach. Es kommt nämlich immer eine neue.«

Im Hintergrund fuhr zeitgleich und fast geräuschlos der 71er in die Station. Er spiegelte sich in der Auslagenscheibe von Meters Blumengeschäft. Soweit Toth das erkennen konnte, war diese Garnitur ohne »Bodschi« unterwegs.

Donnerstag, 14.32 Uhr

Seine Schritte waren zu schnell, um noch als Gehen eingestuft zu werden, und zu langsam, um als Laufen zu gelten. Tempomäßig lag Alexander Toth irgendwo dazwischen. Ihm schien es unpassend, nach seiner letzten Trauerfeier des Tages vor den Augen der Angehörigen in seinem Trauertalar über den Friedhof zu sprinten, auch wenn er so möglicherweise seinen nächsten Termin verpasste. Er war derart in Eile, dass er sogar auf seinen Tick vergaß, den er sich im Laufe der Zeit als Bestatter angewöhnt hatte. Wann immer er allein durch die Gräberreihen ging, zählte er die zur Auflassung vorgesehenen Ruhestätten. Sie waren an einem deutlich sichtbaren roten Kreuz aus Kreide zu erkennen, das auf den Grabsteinen aufgemalt war. Es wurden von Monat zu Monat mehr.

Nachdem Alexander Toth keine Uhr besaß, verriet ihm ein Blick auf sein Smartphone-Display, was er ohnehin vermutete: Er war zu spät. Für 14.30 Uhr hatte Kurt Sauprigl zu einem seiner Meetings geladen. Wieder einmal ließ er die gesamte Bestattungsmannschaft antreten, um sie auf die Jubiläumsfeier am Sonntag einzuschwören.

Als Toth etwas außer Atem im ersten Stock des gläsernen Bestattungsgebäudes ankam, starb die Hoffnung, dass er es noch vor Sauprigl in den Konferenzraum schaffen würde. Er war umgeben von einer Duftwolke aus Lavendel, Moschus und Jasmin. Toth kannte den Geruch. Er selbst hatte als Jugendlicher das Eau de Toilette »Cool Water« von Davidoff verwendet und war sich damals unheimlich erwachsen vorgekommen. Nun war es Kurt Sauprigl, der so roch, als wäre er in ein Fass voller Parfüm gefallen wie Obelix einst in den Zaubertrank. Der ehemalige Politiker dürfte wenige Augenblicke vor dem Bestatter den Raum betreten haben, wie die Duftspur verriet.

»Na, wen haben wir denn da?«, fragte Sauprigl, als Toth bei der Tür hereinkam. Er trug diesmal einen dunkelblauen Slimfit-Anzug, dessen Hose noch enger schien als zuletzt. »Hast du mir das letzte Mal nicht zugehört, Toth? Ich verlange Pünktlichkeit.« Das Wort Pünktlichkeit sprach er dabei besonders laut und langsam aus, als ob Toth es nur so verstehen würde.

»Sorry. Die Trauerfeier hat länger gedauert«, sagte Toth knapp und schaute sich in dem karg eingerichteten Raum um. Fast alle Plätze waren bereits besetzt. Auch in der letzten Reihe. Sein Herz schien für einen Augenblick stehen zu bleiben, als er Marie-Theres sah, die demonstrativ wegschaute. Neben ihr saß Pascal. Ein dunkelhaariger, muskulöser Sargträger, der so oft ins Fitnesscenter ging, dass er dort beinahe einen Meldezettel hätte ausfüllen können. Der Muskelprotz hatte seinen tätowierten Arm über die Lehne seiner blonden Sitznachbarin gelegt. Toth suchte Marie-Theres' Blick. Vergeblich.

»Brauchst du eine Anleitung zum Hinsetzen?«, zischte Sauprigl. Der sarkastische Tonfall war nicht zu überhören. Der einzige freie Sitzplatz in dem Raum befand sich in der ersten Reihe, direkt neben dem dicken Karl. Der Bauch des langgedienten Bestatters wölbte sich so stark nach vorne, als hätte er zwei Urnen verschluckt. Wortlos zwängte sich Toth neben ihn und nahm auf dem Stuhl Platz.

Der Beamer surrte und warf das verschwommene Bild der Halle 2 an die Wand, mit der Kurt Sauprigl auch heute seine Powerpoint-Präsentation begann.

»Meine Herrschaften! In drei Tagen wird es ernst. Da wird die ganze Stadt auf uns schauen«, eröffnete er seine Rede, die Toth und seine Kollegen bereits auswendig kannten. Er kaute zum wiederholten Male den Ablauf der Feier durch, untermauert mit dilettantisch wirkenden Grafiken. Als Aufzählungszeichen hatte er kleine schwarze Kreuze gewählt, die jedem der Punkte vorangestellt waren.

† **Empfang der Gäste am schwarzen Teppich vor dem Tor 2**
† **Flying Buffet und Sekt für VIPs**
† **Platzieren der Ehrengäste/Sitzordnung**

Hier hatte Sauprigl eine neue Folie eingefügt, die Toths Aufmerksamkeit weckte. Sie zeigte die geplanten Sitzreihen vor der Freiluftbühne auf dem breiten Weg zwischen Tor 2 und der Karl-Borromäus-Kirche. Die Plätze der ersten fünf Reihen waren mit Namen beschriftet. Der Bürgermeister und die halbe Stadtregierung saßen in der ersten Reihe. Direkt daneben hatte sich Kurt Sauprigl selbst platziert, während er Bärbel Hansen in die zweite Reihe verbannt hatte. Von den VIP-Gästen kannte

Toth die meisten. Viele von ihnen hatte er in seiner Zeit als Journalist interviewt. Promis aus Kultur, Wirtschaft und Politik. Für Sängerin Dagmar Koller und ihren jungen Begleiter waren zwei Plätze vorgesehen. Auch für den Society-affinen Dompfarrer des Stephansdoms waren zwei Stühle reserviert.

Zwei Plätze in der fünften Reihe ganz am Rand stachen Toth sofort ins Auge. Sie waren für eine Familie reserviert, über die er in den letzten Tagen viel nachgedacht hatte. »Fam. Boulanger« stand über den zwei eingezeichneten Stühlen. Ob Marie-Theres das auch aufgefallen war? Toth traute sich nicht, sich umzudrehen. Klick. Schon hatte Sauprigl die nächsten Punkte auf der Folie aufgerufen.

† **Bühnenprogramm mit Auftritt von Wolfgang Ambros**
† **Präsentation des Jubiläums-Sortiments »150 Jahre Zentralfriedhof«**

Bei Punkt fünf legte Sauprigl in seinem Redeschwall eine Art Kunstpause ein und öffnete einen großen Karton, der vor ihm auf dem Tisch stand. Es raschelte, als er zerknülltes, braunes Packpapier herausholte und auf die Seite legte. Diese Einlage war neu in der sonst immergleichen Litanei.

»Ihr bekommt hier und jetzt eine exklusive Vorführung unseres neuen Jubiläums-Merchandisings«, sagte er und holte nach und nach einige Gegenstände aus der Kiste. Wie in einer TV-Verkaufsshow hielt er sie einzeln in die Höhe, als würde er sie versteigern. Eine schwarze Türmatte auf der »Abtreten mit Stil« stand. Ein gleichfarbiger Fächer mit der Aufschrift »Frische Luft aus der Gruft«. Und zu guter Letzt ein Jutesack, auf dem in weißen Buchstaben »150 Jahre für die Bahre« prangte.

»Es soll ein Abend für die Ewigkeit am Friedhof werden. Und diese Artikel sollen unsere Gäste daran erinnern. Jeder VIP bekommt unsere neue Kollektion mit nach Hause«, posaunte Sauprigl und räumte die Utensilien wieder zurück in den Karton.

Toth dachte kurz darüber nach, warum man im Herbst ausgerechnet einen Fächer verschenkte, als Sauprigl mit seiner Präsentation fortfuhr.

† VIP-Führung zu den Ehrengräbern (inkl. Lichtshow)
† Probeliegen im Sarg (Modell Memphis)
† Gruselige Überraschung!

Auch den achten und letzten Punkt kannte Toth und seine Kollegen noch nicht. Es ging ein leises Raunen durch den stickigen Seminarraum, als die Überraschung mit einem Rufzeichen auf die weiße Wand projiziert wurde. Toth hätte gerne in die Gesichter der anderen geschaut, vor allem in das von Marie-Theres. Doch er traute sich noch immer nicht, nach hinten zu blicken.

»Ich habe dir ja angekündigt, dass ich für dich eine ganz spezielle Aufgabe habe«, sagte Sauprigl und baute sich vor der ersten Reihe auf. Toth starrte auf den Boden. Trotzdem spürte er, wie der ehemalige Politiker ihn fixierte.

Er knöpfte sein Slimfit-Sakko auf und fuhr fort: »Komm mal nach vorne zu mir, Toth. Ich zeige dir, was deine Aufgabe am Sonntag sein wird.«

Alexander Toth fühlte sich in seine Schulzeit zurückversetzt. Nach so gut wie jeder verpatzten Mathematik-Schularbeit holte ihn seine Lehrerin an die Tafel, um vor der gesamten Klasse jene Beispiele zu rechnen, von denen er wenige Tage zuvor schon keine Ahnung gehabt hatte. Eine pädagogische Demütigung, die sich so ähnlich anfühlte wie die Situation, in der er sich jetzt gerade befand.

»Du bist ja sonst nicht so schüchtern«, sagte Sauprigl und klopfte mit seinen Fingerknöcheln gegen den Deckel eines Sarges, der im Eck des Raumes stand. Senkrecht. Das Armband seiner Rolex erzeugte auf dem Holz ein dumpfes Geräusch.

Toth hatte den Sarg zwar bemerkt, sich aber nicht weiter Gedanken darüber gemacht. Bei der Bestattung kugelten Särge herum wie in anderen Firmen Bleistifte.

Das dunkelblaue Sakko spannte etwas, als Sauprigl seinen Arm ausstreckte, um den Sargdeckel zu öffnen. Toth war mittlerweile aufgestanden und hatte sich neben ihn gestellt. Er kochte innerlich vor Wut und Scham. War das der Moment der Genugtuung? Der Augenblick der Rache, auf den Sauprigl so lange gewartet hatte? Die Revanche für das Interview und das Aus seiner Karriere? Alexander Toth ballte seine Hände zu Fäusten, dass es fast schon weh tat.

»Toth, du bist die große Überraschung für unsere Gäste«, kündigte Sauprigl an und klopfte dem Bestatter dabei auf die Schulter. »Tot stellen kannst du dich bestimmt gut. Deshalb wirst du während der Führungen in diesem Sarg stehen und auf unsere Gäste warten. Wenn ich drei Mal klopfe, springst du heraus.«

Toth versuchte, ruhig zu atmen. Ein und Aus. Ganz langsam. Doch es war noch nicht vorbei.

»Ich würde sagen, wir probieren es gleich einmal aus«, sagte Sauprigl und drängte Toth mit seinen Händen in den offenen Sarg. Der Bestatter leistete keinen Widerstand und ließ die Tortur über sich ergehen.

Als Toth im aufgerichteten Sarg stand, schmiss Sauprigl den Deckel zu. Beinahe hätte er ihn auf die Nase bekommen. Durch einen Schlitz sah Toth, wie die Kollegen in Lachen ausbrachen. Am lautesten der dicke Karl, neben dem er gerade noch gesessen war. Bloß Bärbel Hansen, die nicht mehr neben Sauprigl, sondern auch in einer hinteren Reihe saß, blickte zu Boden.

Ganz hinten, in der letzten Reihe, saß Marie-Theres. Auch sie konnte sich ein Grinsen nicht verkneifen.

Donnerstag, 15.03 Uhr

Im bunten Herbstlaub, das auf dem schmalen Schotterweg lag, war es kaum zu erkennen. Erst ein leises Rascheln lenkte Toths Blick auf das braune Eichhörnchen, das eine geschlossene Walnuss zwischen seinen kleinen Vorderpfoten hielt und offenbar gerade versuchte, sie zu knacken. Die langen Haare an den Ohren des Nagers, die senkrecht nach oben standen, waren durch den Wind ganz zerzaust. Beim Anblick des herzigen Tieres, das sich von Alexander Toths Schritten nicht von seinem Nachmittagssnack abhalten ließ, konnte der Bestatter die Wut und den Ärger auf Kurt Sauprigl für einen Augenblick vergessen.

Der Zentralfriedhof war zwar schon seit über einem Jahr sein Arbeitsplatz, trotzdem kannte der ehemalige Journalist noch immer nicht alle Ecken des weitläufigen Areals. Zweieinhalb Quadratkilometer mit drei Millionen Verstorbenen waren dann doch etwas unübersichtlich. Er benützte die Online-Gräbersuche samt Lageplan der Bestattung Wien auf seinem Smartphone, um zu seinem Ziel zu finden. Gruppe 41F, Reihe 9, Nummer 16. Sophies Worte hallten noch in Toths Ohren.

Als er in die schattige Grabreihe einbog, dachte er an Marie-Theres' Lächeln, das er gerade in Sauprigls Meeting gesehen hatte. Es war nicht dieses erfrischende, ehrliche Lachen, das er von ihr kannte und mit dem sie ihre Mitmenschen bezauberte. Es war ein anderes Lachen. Ein schelmisches. War sie schadenfroh gewesen, dass

Sauprigl ihn vor versammelter Mannschaft demütigte? Hatte sie es ihm vergönnt, weil er ihr nichts von Sophie erzählt hatte? Toth spürte ein Gefühl von Traurigkeit in sich aufsteigen. Hatte Marie-Theres' recht mit ihrer Kritik? Hatte er Sophie wirklich geschützt und bewusst nicht zum Kreis der Verdächtigen gezählt?

»Hallo, Alex. Schön, dass du gekommen bist«, sagte Sophie und riss Toth aus seinen Gedanken. Er war am Grab angekommen. »Ich wollte deine Freundin vorher nicht verärgern.« Sie stand vor einem verwitterten und dicht mit Efeu bewachsenen Grabstein.

»Sie ist nicht meine Freundin. Sie ist eine Kollegin«, sagte Toth mit bestimmtem Ton. Er stellte sich neben Sophie und musterte die Grabstelle. Sie wirkte nicht so, als ob sich jemand liebevoll darum kümmern würde. Auf der Granitplatte hatten einige Vögel ein weißes Andenken hinterlassen. Die Scheibe der metallenen Laterne, die auf einem kleinen Sockel stand, war zerbrochen. Nur mit Mühe konnte Toth die Inschrift zwischen den dunkelgrünen Blättern des Efeus entziffern.

»Mariella Bäcke 1956-2004« war in goldenen Lettern auf die Steinoberfläche aufgesetzt worden. Das »r« am Ende war offensichtlich abgefallen.

Sophie Bäcker lockerte den Gürtel ihres beigen Trenchcoats, bückte sich vor das Grab und fegte mit ihrem Handrücken einige Blätter von der Grabplatte.

»Zwanzig Jahre ist die Mama jetzt schon tot. Unglaublich, wie schnell die Zeit vergeht«, sagte sie und blickte auf die Inschrift.

»Schade, dass ich sie nie kennengelernt habe«, antwortete Toth mit sanfter Stimme und ging dabei ebenfalls in die Knie. Er überlegte einen Moment, ob er Sophie tröstend seinen Arm über die Schulter legen sollte und kam dabei ins Straucheln. Fast wäre er auf Sophie gefallen, konnte sich aber im letzten Moment fangen und versuchte seine Verlegenheit mit einer Frage zu überspielen.

»Sophie, hast du darüber nachgedacht, wer dein Vater wirklich war?«

Bevor Sophie antworten konnte, zuckten die beiden zusammen. Wie aus dem Nichts zischte das Eichhörnchen, das gerade noch genüsslich gefressen hatte, zwischen den beiden hindurch und schoss schnell wie ein Pfitschipfeil über den Grabstein. Nur ein paar Sekunden später sprangen zwei weitere, etwas dunklere Eichkätzchen hinterher und wirbelten die Blätter der Grabplatte auf.

Sophie lächelte einen Moment, um kurz darauf wieder eine ernste Miene aufzusetzen. War sie traurig? Obwohl Toth sie so lange kannte, war er sich nicht sicher.

»Ja, ich habe darüber nachgedacht«, sagte Sophie leise. »Mein Vater war ein Lebemann. Ein geschäftstüchtiger Lebemann mit einer unendlichen Liebe zu Frankreich. Ich meine, wer nennt seine Kinder nach französischen Filmstars?« Sophie blickte Toth tief in die Augen. »Das wurde irgendwann auch meiner Mama zu viel und sie wollte die Scheidung. Den Namenswechsel hat sie nicht mehr mitgemacht.«

»Und du offenbar auch nicht. Bewundernswert«, sagte Toth und erwiderte ihren Blick. »Du wolltest deinen eigenen Weg gehen.«

Sophie und Toth standen vor dem Grab und redeten. Er musste kaum Fragen stellen. Sophie sprach leise und schnell, und sie erzählte viele Dinge, von denen sich Toth wünschte, Sophie hätte sie ihm in einer der Nächte erzählt, als sie zusammen gewesen waren. Ob dann alles anders ausgegangen wäre? Er wusste es nicht. Aber es tat gut, bloß dazustehen und zuzuhören.

Sophie erzählte, wie sehr Franz Bäcker alias François Boulanger seine älteste Tochter drängte, ins Teigtascherl-Business einzusteigen. Wie übel er es ihr genommen hatte, dass sie sich für eine Karriere beim Fernsehen entschied. Wie tief gekränkt er war, dass sie nicht den Namen Boulanger annahm, sondern weiterhin Sophie Bäcker hieß. Und wie sehr es ihn schmerzte, dass sie sich allmählich von ihm entfremdete und ihren eigenen Weg ging.

»Die Patricia hat nicht das Beste aus meinem Vater herausgekehrt«, sagte Sophie. »Sie ist noch geschäftstüchtiger als er es war, dabei wollte sie auch einmal Journalistin werden.«

Toth zog die Augenbrauen hoch und setzte einen fragenden Blick auf.

»Sie war eine Studienkollegin von mir. Sie war einmal zum Lernen bei uns zu Hause. Der Rest ist Geschichte«, fuhr sie fort.

Toth stellte sich vor, seine Mutter hätte etwas mit einem seiner Studienkollegen angefangen. Entsetzlich!

»Um zu deiner Frage zurückzukommen«, sagte Sophie, nachdem sie tief durchgeatmet hatte, »ich weiß nicht, ob ich dir sagen kann, wer mein Vater wirklich war.«

»Wer könnte es mir sagen?«, fragte Toth.

Sophie schloss die Augen und schien nachzudenken. Dieser ruhige Moment wurde mit einem Mal gestört, als die pelzige Verfolgungsjagd weiterging. Wie von der Tarantel gestochen flitzten die drei Eichhörnchen nacheinander über den Grabstein und verschwanden im Herbstlaub.

»Ich bin mir nicht sicher, ob es überhaupt jemand weiß. Am ehesten noch Brigitte«, antwortete Sophie. »Sie ist die Einzige von uns, die in den letzten Jahren ständig zu Hause gewohnt hat.«

Toth nahm an, dass Sophie mit »uns« neben sich selbst und ihrer Halbschwester Brigitte auch ihren Bruder Alain meinte, der vor Kurzem von seiner Stiefmutter aus der schicken Villa neben dem Schloss Neugebäude hinausgeworfen worden war.

»Vater und Brigitte haben sich zwar oft gestritten, weil Brigitte in ihrer rebellischen Phase ist«, sagte Sophie lächelnd, »und Vater nichts mit ihrem Aktionismus anfangen konnte. Aber sie war ihm trotzdem näher als Alain oder ich. Vielleicht weiß sie, wer François wirklich war.«

Es klang hart, wie sie über ihren Vater sprach. Toth fühlte Mitleid für sie.

»Dann sollten wir wohl mit ihr sprechen«, sagte er und bemühte sich um eine feste Stimme.

»Das trifft sich gut. Ich weiß nämlich, wo sie gerade ist«, antwortete seine Ex-Freundin.

Toth spürte ein leichtes Kribbeln. Und das kam nicht nur von seinem erwachenden Ermittlerinstinkt.

Donnerstag, 16.31 Uhr

Der Ton war so schrill und laut, dass er ihn an Patricia Boulangers Schrei im Mausoleum erinnerte. Direkt neben Alexander Toths Ohr blies die junge Frau so stark sie konnte in ihre dunkelblaue Trillerpfeife. Für einen Moment dachte der Bestatter, sein Trommelfell wäre geplatzt. Wo war nur die Ruhe, nach der er sich so gesehnt hatte? Hier würde er sie definitiv nicht finden, das war ihm klar, als er sich auf der abgesperrten Ringstraße ein wenig umschaute. Er sehnte sich nach dem Zentralfriedhof.

Sophie und er trieben den Altersschnitt auf der Demonstration um mindestens zwanzig Jahre in die Höhe. Sie waren umgeben von jungen Menschen, die locker ihre Kinder hätten sein können. Die meisten von ihnen hielten selbstgebastelte und handgeschriebene Transparente und Schilder in die Höhe. Sprüche wie »die Erde ist kaputter als die Hüfte deiner Oma«, »Burn fat, not oil« oder »Klima ist wie Bier – zu warm ist es scheiße« standen darauf geschrieben. Toth musste schmunzeln, als er die kreativen Sprüche las.

Aus einem Megafon dröhnte eine junge Männerstimme: »Hitze, Donner, Dürre, Flut! Hauptsache, es geht der Wirtschaft gut!«

Toth und Sophie waren mittendrin in einer der Klimademonstrationen, die seit einiger Zeit regelmäßig in Wien stattfanden. Sophie wirkte mit ihrer teuren Markensonnenbrille und dem dunklen Hosenanzug, den sie unter ihrem Trenchcoat trug, ziemlich deplatziert. Als Journalist hatte Toth, der sich nach seiner Schicht am Friedhof Jeans und Pulli angezogen hatte, immer wieder über solche Demonstrationen berichtet. Privat war er nie zu einem solchen Protest gegangen. Es war ihm zu viel Trubel.

»Irgendwo muss die doch sein!«, schrie Sophie direkt in Toths Ohr, damit er sie bei dem Lärm verstehen konnte.

Alexander Toth sah sich um und versuchte, sich einen Überblick zu verschaffen. Die meisten jungen Leute hier sahen aus wie Brigitte. Die Dichte an Dreadlock-Trägerinnen war hoch. Oder waren auch Träger dabei? Toth hatte seine Schwierigkeiten, sie voneinander zu unterscheiden. Jedes Mal, wenn er glaubte, Brigitte entdeckt zu haben, entpuppte er oder sie sich als umweltbewusstes Double.

»Bist du sicher, dass sie heute da ist?«, schrie Toth. Er formte dabei seine Hände um den Mund zu einer Art Trichter, um seine Stimme zu verstärken.

Noch bevor Sophie antworten konnte, ertönte wieder die hohe Stimme des Demonstranten durch das Megafon.

»Bei den Banken sind sie fix, für das Klima tun sie nix!«

Sophie tat es Toth gleich und bildete mit ihren Händen eine Art Kommunikationstunnel zwischen ihrem Mund und dem Ohr ihres Ex-Freundes, wobei sie ihn sachte berührte.

»Sie muss hier sein. Sie trifft sich mit ihren Freunden und hat mich gebeten, sie später mit dem Auto abzuholen.«

Toth konnte sich ein Kopfschütteln nicht verkneifen. Wie viele der jungen Menschen sich wohl von Mama und Papa nach getaner Arbeit nach Hause kutschieren lassen würden?

»Leute, lasst das Auto stehen, steig jetzt aus, um mitzugehen!«, schrie der Megafonmann und hunderte Demonstrationsteilnehmer taten es ihm gleich.

Mitten in der Menge an Menschen, die im Schneckentempo die Ringstraße entlang ging, würden sie Brigitte nicht finden.

Toth entschied sich für eine neue Taktik. Er deutete Sophie mitzukommen und verstecke sich hinter einem der mächtigen Bäume, die entlang des Rings wuchsen. Von hier aus war die Chance am größten, die junge Boulanger inmitten der Klimademo zu finden.

Es dauerte eine Weile, doch Toths Plan ging auf. Fast schon am Ende des Demozuges entdeckte er Brigitte. Sie trug offenbar dasselbe gebatikte Shirt wie zuletzt in der Villa Boulanger, darüber einen dünnen Mantel, der aussah wie ein Regenponcho. Trotz strahlenden Sonnenscheins. Toth spürte einen leichten Stoß in seiner Nierengegend.

Sophie, die ihre Schwester offenbar auch entdeckt hatte, wollte ihn darauf aufmerksam machen. Sie hatte sich die ganze Zeit über hinter Toth versteckt. Körperlich waren die beiden einander schon lange Zeit nicht mehr so nahe gekommen.

»Was jetzt?«, fragte Sophie. Hinter dem Baum war die Geräuschkulisse nicht ganz so laut.

»Ruhig und unauffällig bleiben. Wie bei unseren Investigativ-Reportagen«, antwortete Toth. Er drückte sich seine schwarze Rayban-Sonnenbrille, die er seit seiner Studienzeit besaß, etwas fester an seinen Nasenrücken.

»Was macht sie jetzt?«, schoss Sophie gleich die nächste Frage nach. Diesmal meinte Toth ein wenig Aufregung in ihrer Stimme zu erkennen.

Der ehemalige Journalist antwortete nicht, sondern beobachtete Brigitte von ihrem Baum-Versteck aus. Hatte sie sich gerade verabschiedet? So weit Toth das erkennen konnte, umarmte sie zwei junge Frauen, die gerade noch neben ihr marschiert waren, und verließ den Demonstrationszug. Während ihre Freundinnen zwischen Hauptuniversität und Café Landtmann weiter die Ringstraße entlanggingen und dabei kämpferisch ihre Fäuste zum Himmel streckten, bog Brigitte in Richtung Schottentor ab.

»Komm, los!«, sagte Toth. Er spürte das Adrenalin in sich aufsteigen. Alle Zweifel an seiner Ermittlertätigkeit, die er immer wieder hegte, waren mit einem Mal wie weggeblasen. Sie mussten Brigitte jetzt auf den Fersen bleiben. Das sagte ihm sein Instinkt.

»Keine Ahnung, wo sie hinwill. Wir haben ausgemacht, dass ich sie um 18 Uhr vom Schwedenplatz abhole«, sagte Sophie, die Toth wie ein Schatten folgte.

»Zum Schwedenplatz kommt sie damit nicht«, antwortete Toth. Er deutete auf die Straßenbahngarnitur der Linie 42, die gerade am Jonas-Reindl einfuhr. Eine unterirdische Bim-Station, die zu jeder Uhrzeit stark frequentiert war. Er wartete, bis Brigitte bei der vordersten Tür, direkt neben dem Fahrer, eingestiegen war und sprang kurz vor der Abfahrt durch die letzte Tür hinein. Sophie hinterher. Puh. Das war knapp.

Der Bestatter und seine Ex-Freundin hatten Glück. In der letzten Reihe der Niederflurstraßenbahn waren zwei Plätze frei. Von hier aus konnten sie unbemerkt den Waggon überblicken. Zumindest fast. Denn vor den beiden hatte sich ein korpulenter Mann gesetzt, der so dick war, dass er beinahe beide Sitze brauchte. Er hatte eine Glatze und trug eine bei diesen Temperaturen viel zu dicke Lederjacke, auf deren Rücken das Logo der Band »ACDC« gestickt war. Toth versuchte sich lang zu machen und streckte seinen Kopf so weit er konnte in die Höhe, um einen Blick auf Brigitte zu erhaschen. Da! Da war sie. Sie saß ganz vorne links. Sie trug ihre dicken, weißen Kopfhörer und hatte zum Glück nicht bemerkt, dass sie verfolgt wurde.

Die Straßenbahn war halbvoll. Obwohl noch einige Plätze frei waren, standen neben Toth zwei Jugendliche. Sie sahen nicht nach Klima-Demonstranten aus. Er trug eine graue Jogginghose, ein weißes Basketballdress und eine Kappe, auf der groß »Hugo Boss« stand. Sie hatte sich in eine viel zu enge Leggings in Leopardenmuster gezwängt und ihre Nägel waren so lang, dass sie dafür eigentlich einen Waffenschein benötigt hätte. Erst auf den zweiten Blick sah Toth, dass neben den beiden noch ein junger Bub stand. Er schätzte ihn auf sieben oder acht.

»Das, mein Brudi, ist die geilste Bitch in Town«, sagte der Boss-Bursche und klopfte seiner weiblichen Begleiterin dabei auf den Hintern. Sie kicherte verlegen und gab ihm einen Kuss. Wienliebe.

Toth versuchte sich trotz der lautstarken Liebesbekundungen nicht ablenken zu lassen und bemühte sich, Brigitte nicht aus den Augen zu verlieren. Er war so konzentriert, dass er zunächst gar nicht merkte, wie etwas sein Knie berührte. Was war das? Als er seinen Blick senkte, traute er seinen Augen nicht. Sophie strich ihm mit ihrer gepflegten, zierlichen Hand über seinen Oberschenkel. Es lief ihm kalt-warm über den Rücken.

»Du, Alex«, sagte sie und klimperte dabei mit ihren getuschten Wimpern. »Ich wollte dir schon länger etwas sagen.«

Toth wusste nicht, wie er reagieren sollte. Alles schien wie im Zeitraffer abzulaufen. Die schmusenden Jugendlichen neben ihm. Der ACDC-Fan, der sich lautstark schnäuzte. Und die angenehme Frauenstimme, die durch die Lautsprecher die nächste Station ankündigte.

Toth schaute in Sophies Augen, dann wieder nach vorne, vorbei am haarlosen Kopf seines Vordermannes. Moment. Das konnte nicht sein. Toth stand auf. Sophies Hand rutschte dabei von seinem Oberschenkel auf den harten Sitz. Der ehemalige Journalist scannte den gesamten Waggon ab. War sie aufgestanden? Hatte sie den Sitz gewechselt?

Alexander Toth schaute zu Sophie hinunter, die ihn ratlos anblickte. »Brigitte ist weg!«

Donnerstag, 16.58 Uhr

»Meine Damen und Herren, bitte festhalten, es wird kurz ungemütlich!«, rief Toth mit seiner kräftigen, sonoren Stimme in den Waggon hinein. Es klang viel professioneller als die üblichen, kaum verständlichen Durchsagen, die in den Straßenbahnen und Bussen der Wiener Linien sonst über die krachenden Lautsprecher schallten. Der ehemalige Fernsehmoderator in ihm war deutlich zu hören. Die murmelnde, mehrsprachige Geräuschkulisse verstummte nach seiner Ankündigung augenblicklich. Das Boss-Bitch-Pärchen hörte auf zu schmusen. Der ACDC-Mann drehte sich mit finsterem Blick zu Toth und musterte ihn mit einer Mischung aus Mitleid und Verachtung. Und Sophie saß wie angeklebt auf ihrem Platz am Fenster und sah Toth fragend an.

Dass ihn jemand in der Bim aus seiner Zeit am Bildschirm erkennen und anzeigen würde, bei dem was er gleich vorhatte, daran dachte Toth nicht. Er folgte einem Impuls.

Und der Impuls sagte ihm: Wenn er jetzt nicht handelte, würde Brigitte ihnen entwischen. Er musste wissen, wohin sie ging. Warum sie die Demo so plötzlich verließ. Es befahl ihm sein journalistischer siebenter Sinn, den er von seinem Mentor Otto Wurm mehrmals attestiert bekommen hatte. Der Bestatter umklammerte mit festem Griff den metallenen, rot-glänzenden Hebel, über dem in weißen Buchstaben »Notbremse« stand und zog ihn kräftig nach unten.

Unter einem ohrenbetäubenden Quietschen kam die Garnitur der Niederflurstraßenbahn zum Stehen.

Das Geräusch erinnerte Toth an seine ehemalige Geografie-Lehrerin, die mit ihren Fingernägeln regelmäßig über die Tafel kratzte, um sich die Aufmerksamkeit der Klasse zu sichern. Erfolgreich. Toth, der den Griff der Notbremse noch immer fest umklammerte, sah sich um und blickte in erschrockene Gesichter. Soweit er es erkennen konnte, war niemand gestürzt. Über den grauen Plastikboden kugelten mehrere Cocktailtomaten wie kleine Bowlingkugeln, die aus der Einkaufstasche einer jungen Frau mit Kopftuch gefallen sein dürften. Erst ein klebriger Fleck auf dem Boden brachte sie zum Stillstand.

»Bist du verrückt geworden?«, blaffte Sophie. Ihre braunen, vorhin noch ganz glatt nach hinten frisierten Haaren waren durch die Notbremsung in ihr Gesicht gerutscht.

»Komm schnell, Sophie. Lauf!«, rief Toth. Er betätigte die Notentriegelung und schob die linke Seite der Schiebetür auf. »Jetzt komm schon. Und zieh die aus«, wiederholte der Bestatter und deutete auf ihre hochhackigen Schuhe.

»Seids ihr jetzt komplett deppat worden?«, hörte der Bestatter den glatzköpfigen Mann in der Lederjacke noch rufen, als er und Sophie sich rennend von der Straßenbahn entfernten. Toth lief voraus. Dahinter seine barfüßige ehemalige Chefin und Lebensgefährtin. Ein Bild davon hätte einem der sogenannten »Leserreporter«

der Gratis-U-Bahn-Zeitung wohl mehr als die üblichen fünfzig Euro gebracht. Toth kam kurz die weißhaarige Kundin in Meters Geschäft in den Sinn. Sie hatte nur gemeint, man dürfe Straßenbahnen nicht nachlaufen. Von davonlaufen hatte sie nichts gesagt.

Toth und Sophie liefen die starkbefahrene Kreuzgasse entlang. Sie war die Grenze zwischen Hernals und Währing. Zwischen Arbeiter- und Nobelbezirk. Zwischen abgefuckten Altbauten und herrschaftlichen Villen. Dank der Notbremsung hatte die Bim eine zusätzliche Station zwischen Eduardgasse und Johann-Nepomuk-Voglplatz eingelegt. Hier flüchteten die beiden nun vor einer möglichen Verfolgung durch den Straßenbahn-Fahrer. Toth versuchte, gleichzeitig nach Brigitte Ausschau zu halten. Weit konnte sie noch nicht sein.

»Kannst du mir mal erklären, was das soll?«, fragte Sophie genervt. Sie klang weit weniger außer Atem, als Toth es nach dem kurzen Sprint war.

»Später!«, schnaufte er nur und hoffte, dass Sophie seine fehlende Kondition nicht bemerkte. Auf seiner Stirn bildete sich bereits ein Schweißfilm.

Toth lief noch immer voraus. Sophie noch immer hinterher. In jeder Hand hielt sie einen ihrer Stöckelschuhe. Der Bestatter rannte auf die andere Straßenseite zwischen den Ständen des Johann-Nepomuk-Vogl-Marktes. Ein kleiner Markt, auf dem das Kilo Erdäpfel um die Hälfte billiger war als auf dem nahegelegenen Kutschkermarkt auf der anderen Seite der Kreuzgasse. Zwei Bezirke, zwei Welten. Alexander Toth wischte sich mit dem

Handrücken den Schweiß aus dem Gesicht und verlangsamte sein Tempo. Er drehte sich um und sah in Sophies verärgertes Gesicht. Dahinter war niemand zu sehen, der nach Verfolger aussah. Er blickte die Kreuzgasse entlang, sah in der Ferne die noch immer stehende Straßenbahn und ging schnellen Schrittes zwischen den Marktständen und den kleinen Imbissbuden hindurch. Hier würde sie keiner mehr finden.

»Das gibt's ja nicht. Was macht denn ein Fernsehstar auf unserem Markt?«, knurrte eine tiefe Stimme. Sie gehörte zu einem rundlichen Mann mit ungepflegtem grauen Bart und roter, großporiger Nase, der an einem Stehtisch lehnte. Vor sich drei Flaschen Bier. Zwei davon waren leer.

Toth brauchte ein wenig, um die Situation zu realisieren. Nachdem er sich hauptsächlich am Zentralfriedhof, zu Hause oder dazwischen in seinem türkisen Twingo befand, hatte er schon ganz vergessen, wie es war, von ehemaligen Zuschauern angesprochen zu werden. Er hatte in dieser Situation allerdings weder Zeit noch Lust auf ein Fangespräch und antwortete nur knapp: »Auch Fernsehstars müssen einkaufen gehen. Ich habe leider keinen Butler.« Toth packte Sophie, die immer noch hinter ihm ging, an der Hand und führte sie aus dem Markt in die kleinen Gassen dahinter.

»Kannst du mir jetzt bitte erklären, was das soll?«, fragte Sophie forsch und stieg gekonnt in ihre Schuhe.

»Ich kann es dir nicht erklären, Sophie. Es ist ein Gefühl. Wir müssen herausfinden, wo Brigitte hin will. Das spüre ich«, antwortete Toth. Er blickte ständig um sich und suchte die Gegend nach der jungen Frau mit den Dreadlocks ab.

»Du und dein Gefühl«, antwortete Sophie und klang dabei ironisch. Doch sie schien sich dem Instinkt ihres Ex-Freundes zu fügen.

Minutenlang gingen die beiden sämtliche Gassen in dem Grätzel ab. Die Antonigasse. Die Leitermayergasse. Die Hildebrandgasse. Die Leopold-Ernst-Gasse. Auf den Straßen waren, wohl wegen des schönen Herbstwetters, viele Menschen unterwegs. Sie waren buntgemischt. Ältere. Jüngere. Studenten. Arbeiter. Mit Migrationshintergrund und ohne. Doch keine Brigitte. Sie war wie vom Erdboden verschluckt. Als sie an der Ecke Dornerplatz/Blumengasse angekommen waren, spürte Toth einen kräftigen Stoß. Was war das? Als er sich umdrehte, merkte er, dass es Sophie war, die ihn an den Schultern packte und gegen eine Hausmauer drückte. Sie presste sich ganz fest an ihn und ihr Knie fuhr dabei zwischen seine Beine. War es das, was sie ihm vorher in der Straßenbahn hatte sagen wollen? Nur diesmal ohne Worte? Toth roch Sophies süßliches Parfüm. Ihre Lippen waren ganz knapp vor seinen. Sie würde ihn doch jetzt nicht tatsächlich …?

»Bleib ganz still! Da vorne steht Brigitte. Sie darf uns nicht sehen«, flüsterte Sophie. Toth stand wie versteinert da und legte unsicher seine Hände um Sophies Hüften. So würden sie wie ein unverdächtiges, verliebtes Pärchen aussehen.

»Siehst du sie?«, fragte Sophie, die mit dem Rücken zur Gasse stand, während Toth einen freien Blick hatte.

Alexander Toth erkannte Brigitte sofort. Ihre fetten weißen Kopfhörer trug sie nicht mehr auf den Ohren, sondern um den Hals. Sie stand vor einem heruntergekommenen Haus, von denen es hier viele gab. Die dunkelgraue Fassade bröckelte. Neben die Eingangstür hatte jemand »No Future« gesprayt. Das »Fut« war rot, der Rest schwarz. Gelbe Holzplatten verriegelten die Fenster des Erdgeschosses.

»Ja. Und sie ist nicht allein«, flüsterte Toth zurück. Er hatte Schwierigkeiten sich zu konzentrieren, denn Sophie hatte ihr Knie noch immer zwischen seinen Beinen. Er versuchte dennoch, cool zu bleiben und den Überblick zu bewahren.

Wer waren die anderen beiden Personen, mit denen Brigitte vor dem Haus sprach? Er hörte kein einziges Wort, dafür war er zu weit weg, aber konnte die Gesichter der beiden ganz gut ausmachen. Ein Mann und eine Frau. Zwischen dreißig und vierzig. Asiatischer Herkunft. Vielleicht Chinesisch? Toth konnte es nicht genau sagen und ärgerte sich, dass er offenbar auch zu jenen oberflächlichen Europäern gehörte, für die alle Asiaten automatisch Chinesinnen und Chinesen waren.

»Wer ist bei ihr?«, fragte Sophie leise. Ihre faltenlose Wange berührte dabei die Bartstoppel des Bestatters.

Toth antwortete nicht, sondern versuchte die Szene weiter zu beobachten. Was war das? Was hatte Brigitte da in der Hand? Toth schärfte seinen Blick auf den kleinen, weißen Gegenstand, den Brigitte in ihrer rechten Hand hielt. Es sah aus wie ein Stück Papier.

»Jetzt sag schon«, drängte Sophie.

Toth blieb stumm und beobachtete weiter. Hatte er das gerade richtig gesehen? Das konnte nicht sein. Doch! Es war kein Stück Papier, sondern ein Kuvert, das Brigitte gerade öffnete und den Inhalt ihren beiden Gesprächspartnern unter die Nasen hielt.

Das Kuvert war voll mit Geld. Die grünen 100-Euro-Scheine erkannte Toth sofort. Es war ein ganzer Packen davon, einige Scheine ragten aus dem Kuvert hinaus. Das Kuvert war so dick, da mussten 5.000 Euro oder mehr drin sein. Woher hatte sie das Geld? Was machte sie hier damit? Nachdem Brigitte das Kuvert wieder geschlossen hatte, verschwand sie mit den beiden Asiaten hinter der zerkratzten und beschmierten dunkelbraunen Haustüre.

»Brigitte ist jetzt ins Haus gegangen«, sagte Toth und löste seine Hände vorsichtig von Sophies Hüften.

»Worauf warten wir dann noch? Wir müssen hinterher. Was macht sie hier?«, antwortete Sophie mit hörbarer Aufregung in der Stimme.

Toth war erleichtert, Sophies Knie nicht mehr in seinem Schritt zu spüren. Sein Gesicht war rot angelaufen. Und daran war nicht die starke Herbstsonne der letzten Tage schuld. Mit ruhiger Stimme versuchte er, sie davon abzuhalten: »Was glaubst du, was passiert, wenn sie dich sieht? Überlass das lieber mir.«

»Warum? Brigitte ist meine Schwester«, antwortete Sophie forsch.

»Genau deshalb«, sagte Toth. »Ich habe keine persönlichen Verbindungen zu den Verdächtigen. Du wirst vielleicht Fragen stellen müssen, auf die du die Antworten lieber nicht kennen würdest.«

Mit seiner kräftigen und angenehmen Stimme klang er dabei wieder wie der Mann aus dem Fernsehen, der er einmal gewesen war.

Ich weiß, warum ich die Franzosen immer bewundert habe. Die sind einfach ein sehr gescheites Volk. Der französische Schriftsteller Victor Hugo zum Beispiel hat einmal gesagt: »Tu n'es plus là où tu étais, mais tu es partout là où je suis.«

Übersetzt heißt das so viel wie: »Du bist nicht mehr da, wo du warst, aber du bist überall, wo ich bin.« Das ist irgendwie tröstlich. Aber stimmt es auch? Ich kann es von hier aus leider schwer beurteilen. Mein Aggregatszustand macht es mir unmöglich, in meinem Restaurant oder meiner Villa vorbeizuschauen und nachzusehen, ob dort noch irgendwer an mich denkt oder von mir spricht. Très dommage! Sehr schade!

Wenn ich ganz ehrlich zu mir bin und tief in mein Herz blicke, will ich eigentlich nur wissen, ob sie noch an mich denkt. Meine Große! Wir waren uns so ähnlich und wurden uns trotzdem so fremd. Vielleicht waren wir uns zu ähnlich. Sie war die Talentierteste von allen dreien. Ohne mit der Wimper zu zucken, hätte ich ihr mein Imperium überlassen. Sie hätte den Laden bestimmt geschupft. Aber sie wollte nicht. Womöglich habe ich sie zu sehr gedrängt. Zu viel unter Druck gesetzt. Statt ihrem Vater nachzufolgen, hat sie sich immer weiter von mir entfernt. Was würde ich nur dafür geben, noch einmal mit ihr reden zu können. Eine letzte Aussprache. Vielleicht sogar eine Versöhnung? Sophie, verzeih mir!

Freitag, 6.51 Uhr

Dass seine Idee nicht die Beste gewesen sein dürfte, merkte Toth in der Sekunde, als er die Tür seines metallenen Spinds aufsperrte. Die Blumen, die er gestern für Marie-Theres ausgesucht und sie daraufhin hier unfachmännisch gelagert hatte, ließen ihre Köpfe hängen. Das Stück Papierhandtuch, das er in Wasser getunkt und damit die Enden der Stiele umwickelt hatte, war komplett ausgetrocknet. Toth nahm den Strauß heraus, begutachtete ihn von allen Seiten und steckte ihn dann in die breite Außentasche seines Talars, sodass nur die hängenden Blüten herauslugten.

»Nicht einmal bei der Meter könntest du anfangen mit dem braunen Daumen«, sagte der dicke Karl. Er hatte seinen Spind, auf dessen Tür ein Foto seiner mittlerweile verstorbenen Chihuahua-Hündin Trixi klebte, direkt neben Toths und warf sich gerade seinen Trauertalar in XXL über. Auch nach über einem Jahr hatte der gestandene Bestatter den ehemaligen TV-Journalisten nicht als Kollegen akzeptiert und ließ keine Gelegenheit aus, ihn das spüren zu lassen.

Toth, der Karls Angriffe sonst immer schlagfertig parierte, murmelte nur etwas Unverständliches in seinen mittlerweile etwas zu langen Dreitagebart und ließ ihn allein in der Garderobe zurück. Seine Gedanken waren bei Marie-Theres. Sollte er ihr diese Blumen wirklich schenken? An welchem Ort? Was sollte er ihr dabei sagen? Sich entschuldigen? Zu Hause vor dem Spiegel hatte er mehrere Varianten unter den neugierigen Augen seiner Katze Karla Kolumna geübt. Bis er im Keller der Halle 1 des Zentralfriedhofs war, fand er keine Antworten auf diese Fragen.

Aus dem alten Küchenradio, das so aussah, als würde es hier schon stehen, seitdem es Küchenradios gab, tönte Michael Bublés Welthit »Feeling Good«. Der Kanadier sang dabei weder Toth noch den anderen Menschen hier aus der Seele. Toth war aufgewühlt und aufgeregt. Die anderen konnten gar nichts mehr fühlen, denn sie waren tot. Mit einem gekonnten Handgriff öffnete der Bestatter die schwere, silberne Tür der Kühlkammer, wo seine heutigen Kunden auf ihren letzten Auftritt warteten.

In einem mächtigen, glänzend weiß lackierten Sarg lag Don Manfredo II. Mit bürgerlichem Namen hieß die Wiener Rotlichtgröße Manfred Kudernak, wie das kleine Schild an der Hand des Verstorbenen verriet, das Toth kontrollierte, nachdem er den klobigen Deckel nach oben geklappt hatte. Als Journalist hatte er immer wieder über die Machenschaften des Gürtel-Königs berichtet, der trotz seines mittelalterlichen Frauenbildes einen gewissen Charme versprühte. Toth wollte gerade die dicken, goldenen Schrauben des Sarges wieder festmachen, um den Deckel zu schließen, als er eine vertraute Stimme hörte. Ein Lachen, das den ganzen tristen und mit Neonlichtern beleuchteten Gang ausfüllte. Es war Marie-Theres.

Toth drehte sich um und ihre Blicke trafen sich. Sie sagte nichts. Er musste es tun, das spürte Toth.

»Guten Morgen«, brachte er heraus.

»Morgen«, antwortete Marie-Theres knapp. Ihr muskelbepackter Kollege Pascal hatte die Halle nach ihr betreten.

»Ich würde gerne kurz mit dir allein reden«, sagte Toth zu seiner Kollegin und warf einen schiefen Blick auf Pascal. Dieser verstand und verließ den Raum.

»Ich höre«, sagte Marie-Theres, kaum war die Tür ins Schloss gefallen. Sie verschränkte ihre Arme und stellte sich neben das Kopfende von Don Manfredos Sarg, genau gegenüber von Toth. Dem Rotlicht-König hätte der Anblick gefallen.

Seine Handfläche war klitschnass, als Toth in die Talartasche griff, um den Blumenstrauß hervorzuholen. Die Sonnenblumen hatten sich besser gehalten als die roten Rosen, die bereits erste Blätter verloren. Der Bestatter hatte sich nach Meters Rat nicht entscheiden können und beide Blumensorten gekauft. »Ich wollte meiner lieben Freundin ein Geschenk machen«, sagte Toth hörbar nervös und streckte Marie-Theres den Blumenstrauß entgegen. Hätte er ihn fallen gelassen, wäre er direkt auf Manfredos Gesicht geklatscht. Dann hätte er nicht nur ins Gras, sondern auch in die Blumen gebissen.

»Hast du ein schlechtes Gewissen, Toth?«, fragte Marie-Theres und nahm den Strauß entgegen. Dass er nicht ganz so frisch aussah, schien sie offenbar nicht zu stören, denn Toth meinte ein kleines Strahlen in ihren Augen zu erkennen.

»Nein, habe ich nicht. Darf ich dir nicht einfach einmal eine Freude machen?«, antwortete Toth. Er wischte sich die Hand an seinem dunklen Talar trocken.

»Und einen besseren Ort dafür hättest du dir nicht aussuchen können?«, fragte Marie-Theres und deutete auf den toten Manfredo, der wie schlafend vor ihnen lag.

»Der hat schon ganz andere Dinge gesehen«, sagte Toth und schob den Sargdeckel über sein Gesicht, um ihn vor der Trauerfeier wieder komplett zu verschließen.

Marie-Theres musste herzhaft lachen. Da war es wieder. Ihr frisches und ehrliches Lachen, das Toth in den letzten vierundzwanzig Stunden so vermisst hatte. Als hätte dieses warme Lachen jegliches Eis zwischen ihnen zum Schmelzen gebracht, war binnen Sekunden die alte Vertrautheit zwischen den beiden wiederhergestellt. Während Toth die klobigen, goldenen Schrauben anzog, brachte er die Sargträgerin auf den neuesten Stand der Dinge. Er berichtete ihr von den gelben Nelken, die Brigitte für das Begräbnis von François Boulanger gekauft hatte, und von deren Bedeutung. Und er erzählte von dem mysteriösen Geldkuvert, das sie den beiden Asiaten vor dem heruntergekommenen Haus in Hernals gezeigt hatte. Und er erzählte auch, dass er mit Sophie unterwegs gewesen war. Sie zu verschweigen hatte ihn schon einmal in Schwierigkeiten gebracht.

»In meinen Augen sind Alain und Brigitte die Hauptverdächtigen im Diebstahl der wertvollen Urne«, stellte Toth am Ende seiner Ausführungen fest.

»Bist du sicher, dass wir nur in einem Diebstahl ermitteln?«, fragte Marie-Theres, als sie bereits mit Don Manfredos Sarg im Lastenaufzug auf dem Weg ins Erdgeschoss der Trauerhalle waren.

»Was meinst du?«, frage Toth.

»Während du mit deiner Sophie unterwegs warst, habe ich auch etwas herausgefunden«, sagte Marie-Theres, wobei sie den Namen seiner Ex besonders süffisant betonte. »Stell deinen Manni in der Trauerhalle ab und ich stell dir jemanden vor«, fuhr sie fort. Toth holte sein Handy aus seiner linken Talartasche und schaute auf die Uhrzeit am Display. Die Trauerfeier von Don Manfredo II. war erst um 8.30 Uhr. Etwas Zeit hatte er.

»Es muss aber schnell gehen«, sagte der Bestatter, rollte die Gürtel-Größe in die dafür vorgesehene Halle, die bereits mit hunderten weißen Lilien geschmückt war, und schloss die Tür.

Marie-Theres, den Rosen-Sonnenblumen-Strauß immer noch in Händen, führte Toth zu einer Milchglastür, die viel moderner wirkte als alles andere hier in der Halle 1. Daneben war auf einem kleinen Türschild »Friedhofsleitung« zu lesen. Obwohl er schon oft daran vorbeigegangen war, hatte Toth dieses Büro noch nie betreten. Denn die Bestattung Wien und die Friedhöfe Wien waren zwei unterschiedliche Unternehmen und mit den Führungskräften des letzteren hatte er kaum bis gar nichts zu tun.

»Hallo, August«, sagte Marie-Theres, kaum hatte sie den Raum betreten. Er war schmucklos eingerichtet. Alter Bürotisch, Linoleumboden, in der Ecke war ein kleines Waschbecken montiert, über dem ein schmutziger Spiegel hing.

»Darf ich vorstellen: Das ist August Schilling. Der Mann für die Spezialfälle am Friedhof. Exhumierungen, Umbettungen, Mausoleum-Vermietungen. Das geht alles über seinen Tisch«, sagte Marie-Theres und klopfte dabei auf die dunkle Holzplatte. »Ich war gestern schon hier, weil ich mir gedacht habe, dass er nützliche Informationen für uns haben könnte.«

»Freut mich. Toth«, sagte Alexander Toth und streckte seine rechte Hand zur Begrüßung aus.

»Mi-mi-mi-mich a-a-a-a-u-u-u-u-c-c-c-c-h-h-h-h. Ich habe schon vi-vi-viel von Ihnen ge-hö-hö-hö-hört«, sagte August Schilling, der seine Haare trotz Halbglatze lang trug, und gab Toth seine leicht zuckende Hand.

Toth warf Marie-Theres einen fragenden Blick zu und deutete auf die nicht vorhandene Uhr an seinem linken Handgelenk. Er wusste noch immer nicht, was sie hier sollten und er hatte noch einiges herzurichten für Don Manfredo.

»Danke, dass du dir nochmal die Zeit nimmst, Gustl. Was du mir gestern erzählt hast, war sehr spannend«, sagte Marie-Theres. Sie lehnte mittlerweile an der Schreibtischkante. »Bitte, sag dem Toth, wer außer der Familie noch einen Schlüssel zum Boulanger-Mausoleum hat«, fuhr sie fort.

August Schilling zog seinen beigen Woll-Pollunder über seinem kurzärmeligen Hemd zurecht, in dem er in den auch bei Schönwetter extrem kühlen Räumlichkeiten unheimlich frieren musste, und setzte zum Sprechen an: »Es gibt ei-ei-ei-einen Uni-ver-ver-ver-sa-sal-Schlüssel. Wenn der ausge-bor-bor-borgt wird, muss die Familil-ilie informiert werden.«

»Hey, dein Stottern wird mit der neuen Therapie echt von Tag zu Tag besser«, sagte Marie-Theres und klopfte August aufmunternd auf die Schulter.

»Das hätte mir Sophie doch bestimmt erzählt, wenn sich jemand vom Friedhof den Schlüssel geholt hätte«, sagte Alexander Toth. Der Blick von Marie-Theres verfinsterte sich. Am liebsten hätte er sich auf die Zunge gebissen.

»Da gibt's aber noch etwas. Etwas viel Spannenderes«, sagte Marie-Theres und wandte sich August zu. »Unser Teigtascherl-Titan war ein Jahr vor seinem Tod hier. Beim Gustl. Da hat er ihm erzählt, wie wichtig ihm seine Urne ist. Und wie teuer. Und dass er sie extrem gut gesichert hat. Und bei dem Gespräch hat er noch was gesagt«, ergänzte sie.

»Was denn?«, fragte Toth. Er wurde langsam ungeduldig und hatte das Gefühl, seine Zeit hier zu vergeuden. Der Friedhofsleiter holte tief Luft und schien sich zu konzentrieren. Seine rechte Hand zitterte, als die ersten Worte seinen Mund verließen.

»Herr Boulanger sagte mehr als einmal, wie wichtig ihm die Urne ist. Er wiederholte immer: Wenn die jemand stehlen will, dann ... dann ... dann ...«

August Schilling bildete seine rechte Hand zur Faust und schlug auf den Schreibtisch. Das Reden schien ihn anzustrengen.

»Dann ... dann ... dann ...«, sagte er immer wieder.

»Ja, dann was?«, rief Toth aus.

»Dann ... dann ... muss man mich vorher schon umbringen«, beendete Schilling endlich den Satz.

Freitag, 10.58 Uhr

»Es war sicher die Witwe«, meinte Marie-Theres. »In den True-Crime-Podcasts, die ich höre, sind das immer die Verdächtigsten. Sie wollte nicht, dass du ermittelst, und sie hat alles geerbt.« Alexander Toth stellte den Motor seines türkisen Twingos ab, den er gerade nicht so gekonnt wie üblich eingeparkt hatte und drehte sich zu seiner Beifahrerin um.

»Es könnte aber auch Alain gewesen sein«, wandte Toth ein. »Er wollte das Restaurant. Vielleicht hat er nicht gewusst, dass seine Stiefmutter Patricia alles erben wird.«

»Und was ist mit Sophie?«, wollte Marie-Theres wissen und schnallte sich mit einem lauten Klacken ab. Der Gurt blieb schlaff über ihrem Oberkörper hängen.

»Das muss ich reparieren lassen. Das automatische Einrollen geht irgendwie nicht«, sagte Toth.

»Jetzt lenk nicht ab!«, zischte Marie-Theres. Sie klappte die Sonnenblende herunter und suchte nach einem Spiegel. Vergeblich.

»Es gibt keinerlei Anhaltspunkte, dass Sophie etwas damit zu tun hat«, stellte Toth fest und öffnete die Fahrertür.

»Ja, klar. Die heilige Sophie«, antwortete Marie-Theres und stieg aus dem Auto.

»Bleibt nur noch Brigitte … Scheiße!«, rief Toth, der am Gehsteig über etwas gestolpert war. Es war einer dieser bunten E-Scooter, die seit einigen Jahren an jeder Ecke Wiens zum Ausborgen bereitstanden und an den unmöglichsten Plätzen von ihren Nutzern geparkt wurden. So wie hier, mitten am Gehweg Ecke Dornerplatz/ Blumengasse in Hernals.

»Augen auf, Herr Kommissar«, kommentierte Marie-Theres. Ihre leichte Schadenfreude konnte sie kaum verbergen.

Der Bestatter und die Sargträgerin hatten sich direkt nach der Trauerfeier von Don Manfredo II auf den Weg hierher gemacht. Toth hatte sowieso nur Bürokram zu erledigen. Und Marie-Theres bat den feschen Pascal, ihre Einsätze für die nächsten zwei Stunden zu übernehmen, was dieser ohne zu zögern tat.

Der türkise Twingo, der links hinten eine ordentliche Delle hatte, parkte direkt vor dem heruntergekommenen Haus, in dem Brigitte gestern verschwunden war. Was wollte sie hier? Wer waren die beiden Asiaten? Und wofür war das Geld gewesen? All das wollten Toth und Marie-Theres herausfinden. Mit einer »Vor-Ort-Recherche«, wie man das früher in Toths Redaktion genannt hatte.

Die heruntergekommene braune Haustüre war verschlossen und ließ sich auch durch festes Ruckeln nicht öffnen.

»Bleibt wieder mal nur eine Glöckerlpartie«, stellte Toth fest und fuhr mit dem Finger über die Ansprechanlage, aus der bereits ein paar der Kunststofftasten herausgebrochen waren. Brrr. Wahllos drückte Toth auf einige der Knöpfe, neben denen entweder keine oder nicht lesbare Namen auf den kleinen vergilbten Kärtchen standen.

»Wen suchens denn?«, fragte eine Stimme in breitem Wienerisch. Sie kam nicht aus dem Lautsprecher, sondern aus einem Fenster im ersten Stock des Hauses direkt über den Köpfen von Toth und Marie-Theres. Synchron schauten die beiden nach oben. Toth traute seinen Augen nicht. Der Mann, der auf einem orange-geblümten, gefalteten Handtuch auf der Fensterbank lehnte und zu ihnen hinunterschaute, sah aus wie Mundl aus der legendären ORF-Serie. Schnauzer, friedhofsblonde, zurückgekämmte Haare und das obligatorische weiße Unterleiberl.

»Wir suchen eine asiatische Familie, die hier wohnt«, sagte Toth und wunderte sich immer mehr über die Ähnlichkeit zwischen dem Bewohner und Edmund Sackbauer.

»Eine? Da gibt's mehrere«, sagte der Mundl-Doppelgänger. Er nahm einen kräftigen Zug an seiner Zigarette und hustete sich danach die Seele aus dem Leib. Toth bereitete sich innerlich auf eine ausländerfeindliche Hasstirade vor, für die der Pensionist gerade Luft holte.

»Mehrere?«, schaltete sich Marie-Theres in das Gespräch ein.

»Ganz liebe Leute«, sagte der Mann, nachdem er wieder zu Atem gekommen war. »Sehr höflich und freundlich. Wenn sie nur nicht so viel kochen würden. Den Geruch haltet keiner mehr aus«, antwortete der Nachbar. Seine Stimme klang nun noch kratziger als vorhin.

Bei Alexander Toth klingelten die Alarmglocken. Und an Marie-Theres' Blick merkte er, dass es nicht nur ihm so ging.

»Dürfen wir vielleicht kurz ins Haus schauen?«, fragte Toth höflich.

»Haben Sie eine schlechte Nachricht für die?«, stellte der Mundl-Verschnitt eine Gegenfrage.

Toth verstand die Frage nicht gleich, doch dann bemerkte er, dass er und seine Kollegin noch immer im dunklen Trauertalar unterwegs waren. Die Arbeitskleidung kam ihm gelegen.

»Ja, bitte, lassen Sie uns kurz hinein«, log Toth.

Wenige Momente später ertönte ein Surren und die Tür war geöffnet. Schon im schäbigen Eingangsbereich, der ähnlich desolat war wie die Fassade, stieg Toth der Geruch von altem Fett in die Nase. Es roch ranzig und modrig. Und auch nach Knoblauch. Durch einen Innenhof, in dem völlig überfüllte Müllcontainer standen, kamen Toth und Marie-Theres in eine Art Hinterhaus. Es hatte lediglich zwei Stockwerke und war mit einem flachen Dach gedeckt.

»Pssst. Hast du das gehört?«, fragte Marie-Theres, als sie ganz dicht an dem niedrigen Gebäude standen.

Toth legte sein Ohr an die von innen mit Zeitungspapier verklebten Fensterscheiben und lauschte. Er hörte mehrere Stimmen. Männerstimmen. Frauenstimmen. Und Kinderstimmen. Sie sprachen wild durcheinander, doch Alexander Toth verstand kein Wort.

»Chúng ta là ban bè. Chúng tôi muon giúp đo«, sagte Marie-Theres laut und deutlich. Die Stimmen im Inneren des Hinterhauses verstummten.

Toth sah seine Kollegin überrascht an. »Seit wann kannst du Chinesisch?«

»Das war Vietnamesisch, mein Lieber. Ich habe Ihnen gesagt, dass wir Freunde sind und helfen wollen«, erklärte Marie-Theres. Die 38-jährige Blondine aus einer Ärztedynastie mit blauem Blut hatte in ihrem Leben schon einige Jobs gehabt. Auf ihrer Suche nach dem Sinn des Lebens und als Rebellion gegen ihre spießige Familie hatte sie bereits als Heilmasseurin, Fremdenführerin und Schweinezüchterin gearbeitet. Auch als Yogalehrerin hatte sie mehrere Monate Touristinnen den herabschauenden Hund beigebracht. In Vietnam.

»Jetzt bin ich baff«, sagte Toth ehrlich beeindruckt, als sich die abgeschlagene, weiße Türe einen Spalt öffnete. Toth erkannte nur ein dunkles Augenpaar, das ihn ängstlich anstarrte.

»Lass mich das machen«, sagte Marie-Theres und übernahm das Kommando. In für Toth völlig unverständlichen Lauten sprach die Sargträgerin mit sanfter Stimme und unterstrich das Gesagte mit Armbewegungen. »Wir dürfen rein«, erklärte sie schließlich, legte ihre Handflächen gebetsartig vor der Brust zusammen und verbeugte sich leicht. Toth tat es ihr gleich und sie traten ein.

Die Frage, ob man die Schuhe ausziehen müsse, erübrigte sich für Toth beim ersten Blick in die Wohnung, die vielmehr eine Großküche war. Alle hier trugen Straßenschuhe. Es gab kein Vorzimmer, Toth stand direkt in einem großen Raum. An der rechten Wand sah er große, weiße Industrie-Gefriertruhen. Ein junger Vietnamese war gerade dabei, eine davon mit zwei Plastiksäcken zu füllen. Was sich in den Säcken befand, wurde bei einem Blick auf die andere Seite des Raumes klar.

An mehreren langgezogenen Tischen, die mit Mehl bedeckt waren, werkten vier Frauen gleichzeitig. Eine knetete große Teigklumpen und sortierte sie in eine Plastikwanne. Zwei weitere formten aus den großen Klumpen kleinere und gaben sie der vierten Frau, die sie mit einer undefinierbaren Masse füllte.

Der Geruch nach ranzigem Fett war für Toth, der sehr empfindlich auf jegliche Art von Gerüchen reagierte und sich deshalb bei übelriechenden Verstorbenen immer Tigerbalsam unter die Nase schmierte, kaum zu ertragen. Während der Bestatter versuchte, trotz des Gestanks die Situation zu überblicken, setzte sich Marie-Theres mit dem Mann, der ihnen die Türe geöffnet hatte, auf die löchrige Couch, die unter den abgeklebten Fenstern stand. Sie sprachen ernst miteinander. Ein kleiner Bub setzte sich davor und spielte mit einem Kochlöffel aus Holz, indem er damit auf einen rostigen Kochtopf schlug.

»Und was erzählt er?«, fragte Toth nach einigen Minuten neugierig.

»Das, was wir uns schon beim Eintreten gedacht haben«, antwortete Marie-Theres und strich dem Buben vor ihr liebevoll durch sein schwarzes Haar.

»Die Boulangers lassen hier also unter unwürdigen Bedingungen billigste Teigtascherl produzieren, um sie dann sauteuer in ihren Lokalen zu verkaufen?«, stellte Toth wütend fest.

»Genau so ist es. Und das schon seit Jahren, sagt Bao«, erklärte Marie-Theres und deutete auf die unzähligen teils leeren Speiseöl-Kanister, die überall im Raum verteilt standen.

»Ich nehme an, Bao ist er?«, fragte Toth. Er unterdrückte den Reflex mit dem Finger auf den jungen Mann zu zeigen und blickte so sanft er konnte zu ihm.

»Ja, Bao Nguyen. Er arbeitet schon seit fünf Jahren hier und muss ab und zu auch in den Lokalen der Boulangers aushelfen«, antwortete Marie-Theres.

»Wahnsinn!«, seufzte Toth und setzte sich zu den beiden auf das durchgesessene Sofa. »Also doch ein neuer Teigtascherl-Skandal. Und ich habe gedacht, ich hätte alles gesehen.«

»Willst du gar nicht wissen, was mit Brigitte ist?«, fragte Marie-Theres. Wie immer, wenn sie eine Neuigkeit für Toth hatte, klang ihre Stimme etwas höher als sonst.

»Das weißt du schon?«, erwiderte Toth.

»Logo!«, versicherte Marie-Theres. »Bao sagt, Brigitte war die Einzige, die sie über all die Jahre unterstützt hat. Sie hat ihnen immer wieder Geld zugesteckt, damit sie trotz des Hungerlohns halbwegs über die Runden kommen«, fuhr sie fort.

Nun wurden bei Toth die letzten Zweifel ausgeräumt. Mit einem lauten »Ha« sprang er auf, sodass sich die Teigtascherl-Köchinnen erstaunt zu ihm umdrehten. Toth sah ihnen in die Augen, dann zu dem kleinen Buben und schließlich zu Marie-Theres, ehe er mit lauter

Stimme feststellte: »DAS ist sein Geheimnis. DAS ist, was François Boulanger wirklich war. Und Brigitte wusste Bescheid.« Das Klopfen des Kochlöffels auf den alten Topf wirkte fast wie Beifall.

Freitag, 12.42 Uhr

Die pralle Mittagssonne wurde von dem zu einer Kugel geschliffenen Granitstein so stark reflektiert, dass sie Toth blendete. Da er seine alte, zerkratzte Ray-Ban-Sonnenbrille nicht dabeihatte, schloss er die Augen und atmete tief durch. In seinem Kopf bauten sich schemenhaft die Eindrücke der heruntergekommenen Wohnung auf, in der er und Marie-Theres gerade noch gewesen waren. Die verzweifelten Gesichter der Frauen hatten sich eingebrannt. Und auch der kleine Bub, der zwischen leeren Ölkanistern versuchte, Kind zu sein. Dazu stieg ihm der abgestandene, ranzige Geruch in die Nase. Toth öffnete die Augen und seine Pupillen verkleinerten sich schlagartig.

Immer, wenn er den Kopf freibekommen musste, kam Alexander Toth zum Grab seines Mentors Otto Wurm. Schon bevor er hier am Zentralfriedhof vor über einem Jahr als Bestatter angefangen hatte. Diesmal hatte er seine Mittagspause dafür geopfert und Marie-Theres einen Korb für das gemeinsame Mittagessen in der Kantine gegeben. Wurms Grab lag im sogenannten Ehrenhain des Zentralfriedhofes. Einem Ort, an dem prominente Menschen ihre letzte Ruhe fanden. Falco lag hier. Udo Jürgens. Christiane Hörbiger. Und auch Toths verstorbener Mentor.

Wurm war schon zu Lebzeiten eine echte Journalistenlegende gewesen. Für seine exklusiven Reportagen und zahlreiche aufgedeckte Skandale hatte der Mann mit dem weißen Schnauzer einen Haufen Preise erhalten, blieb aber stets mit beiden Beinen am Boden. Toth hatte die große Ehre und Freude gehabt, Otto Wurm gleich mehrmals in seiner Karriere zu begegnen. Zunächst während seines Studiums, wo Wurm als Lektor sein Wissen an die nächste Generation weitergegeben hatte. Später hatte Toth sein allererstes Praktikum bei jenem Nachrichtenmagazin absolviert, dessen Chefredakteur Wurm viele Jahrzehnte lang gewesen war.

Toth hatte mit Anfang zwanzig im Society-Ressort des Blattes angefangen, was ihn damals wenig freute. »Hier lernen Sie alles, was ein guter Journalist können muss«, hatte Wurm zu ihm gesagt. »Bei der Gesellschaftsberichterstattung liegen die Geschichten nicht auf der Straße, die muss man suchen. Und das ist eine hohe Kunst.«

Und so hatte sich Alexander Toth hineingetigert und besuchte Veranstaltungen, auf die es ihn privat nie und nimmer verschlagen hätte. Er interviewte Richard Lugner, der im Gorilla-Kostüm für sein neues Kino warb. Er mischte sich unter die angetrunkenen Gäste von Fiona Swarovskis Modeschau in einer noblen Bar und hatte dabei selbst ein Glas zu viel. Und er wohnte der CD-Präsentation eines alternden, aber trotzdem eitlen Moderators bei, der sich hörbar vergeblich als Sänger versuchte. Mit der Zeit merkte Toth, was Wurm gemeint hatte. Die Geschichten auf diesen Veranstaltungen musste man mühsam suchen, finden und dann erzählen. Eine echte Knochenarbeit.

Check, Re-Check und Doublecheck waren journalistische Grundregeln, die auch hier galten. Das merkte sich

Toth spätestens, nachdem er von einer Quelle erzählt bekam, dass ein 96-jähriger Wiener Regiealtmeister in seiner Villa am Stadtrand gestorben war und dieser ihn nach der Todesmeldung in der Zeitung anrief, um ein kräftiges, verärgertes Lebenszeichen von sich zu geben. Toth wäre damals am liebsten an seiner statt im Erdboden versunken.

Weil er aus diesem Fehler lernte, immer neugierig blieb und sich nie mit der ersten Antwort zufriedengab, hatte ihn Wurm gefördert und ihn in die Chronik und später ins Innenpolitikressort geholt. Auch lange nachdem Toth ein gefragter Fernsehjournalist geworden war, waren die beiden freundschaftlich verbunden geblieben.

»Diese Teigtascherl-Affäre war so eine riesige Geschichte damals, wie konnte diese Fabrik nur übersehen werden, Otto?«, fragte Toth seinen ehemaligen Mentor leise. Hatte es da jemand beim Check belassen und nicht weiter recherchiert? Oder hatte man absichtlich weggeschaut, um den alten Boulanger zu schützen? Der kugelförmige Grabstein verwandelte sich fließend in das vertraute und freundliche Gesicht von Otto Wurm. »Überprüfe die Quellen. Check, Re-Check, Double-Check«, sagte seine Stimme immer und immer wieder. Toth fühlte sich beinahe wie in Trance, die erst durch das laute, krächzende Rufen einer Krähe beendet wurde, die im Baum über Toth saß.

Er war so in Gedanken versunken, dass er einen Moment brauchte, um zu realisieren, wo er war. »Danke,

Otto«, sagte er fast unhörbar, griff in die linke Tasche seines Talars und holte sein Smartphone heraus.

Er suchte nach einem Kontakt, den er schon lange nicht mehr gebraucht hatte und drückte auf ihren Namen. Düt. Düt. Düt. Sie hob ab. Nach einem kurzen Geplänkel über beidseitiges Wohlbefinden kam Toth im Gespräch mit Elisabeth Götz zur Sache.

Götz war eine der längstgedienten Redakteurinnen in Toths ehemaliger Redaktion. Vor der Frau mit der harten Schale und dem weichen Kern hatte er sich zu Beginn seiner Tätigkeit beim Fernsehen etwas gefürchtet, sie wurde über die Jahre allerdings zu einem menschlichen und journalistischen Vorbild für ihn.

»Du hast doch damals in diesem Teigtascherl-Skandal recherchiert. Ist euch da nie der Name Boulanger untergekommen?«, fragte er seine ehemalige Kollegin nun.

Während die Stimme am anderen Ende der Leitung sprach, wippte Alexander Toth nervös von einem Bein auf das andere. Otto Wurms Grabstein hatte er dabei die ganze Zeit fest im Blick.

»Was, von ganz oben?«, fragte Toth. Das Wippen wurde dabei immer schneller. »Danke dir, du hast mir sehr geholfen, Sissy.«

Während er mit der einen Hand das Handy zurück in die Tasche steckte, kratzte er sich mit der anderen Hand am Kinn und wandte sich wieder Otto Wurm zu. Dass die Touristen, die vor dem Falco-Grab ein Selfie nach dem anderen machten, ihn für verrückt halten könnten, war ihm egal.

»Die Boulangers sind damals von ganz oben aus der Sache rausgehalten worden, Otto. Und weißt du, wer schon damals ganz oben war?« Toth machte eine Pause, als würde er auf eine Antwort warten. Als diese ausblieb, gab er sie sich selbst. »Chefredakteurin Sophie Bäcker.«

Freitag, 13.36 Uhr

Sein pausbackiges Gesicht wurde von dem dichten, rabenschwarzen Vollbart gut kaschiert. Toth blickte dem wildfremden Mann, der ein rot-weiß kariertes Kopftuch, eine sogenannte Ghutra, trug, die mit einer schwarzen Kordel um seinen Kopf befestigt war, in die dunkelbraunen Augen und konnte sich kaum vorstellen, dass er tatsächlich 156,3 Kilogramm auf die Waage brachte, wie der Totenschein bescheinigte. Alexander Toth klappte den dunkelgrünen, abgegriffenen Pass zu, auf dem eine goldene Palme und zwei gleichfarbige Säbel prangten, und legte ihn zu den anderen Dokumenten auf seinem aufgeräumten, hellgrauen Schreibtisch, gleich neben sein grünes Porzellanhäferl, in dem ein paar Stifte stecken.

Der Bestatter musste die Überführung des verstorbenen Diplomaten organisieren, der vor wenigen Tagen beim Golfspielen in einem noblen Club im Wiener Umland plötzlich umgekippt war. Ausgerechnet vor dem letzten Loch. Herzinfarkt statt Handicap. Wegen seines Gewichts und seiner Herkunft musste Toth für die letzte Reise des Mannes, der auf dem Passfoto aussah wie ein Scheich, allerhand Vorkehrungen treffen. Mit dem Krankenhaus telefonieren, mit der Botschaft in Kontakt bleiben, einen Sarg in Übergröße, also einen BigMac, organisieren und beim Spediteur eine Flugtransportbox bestellen für die heikle Fracht, die samt Material am Ende knapp fünfhundert Kilogramm haben würde. Lautlos spuckte der neue Laserdrucker den Leichenpass für den korpulenten Saudi aus, den er für seine letzte Reise benötigte.

Toth begutachtete das Dokument und dachte über seine eigenen, nicht vorhandenen Reisepläne nach. Wann war er das letzte Mal weggewesen? Hatte die Welt erkundet? Bis auf einen Trip nach Mexiko und ein paar Wochenenden am Bauernhof fiel ihm nichts ein. Sophie und er hatten während ihrer Beziehung kaum Zeit für Urlaube gehabt. Der eine oder die andere musste immer arbeiten. Der Job ging vor. Dabei hatten sie so viele Pläne gehabt. Toth ertappte sich dabei, dass seine Gedanken schon wieder zu Sophie abschweiften. Seit ihm seine ehemalige Kollegin Sissy erzählt hatte, dass offenbar Sophie es gewesen war, die als leitende Chefredakteurin die Berichterstattung über Boulangers illegale Teigtascherl-Fabrik in Hernals verhindert hatte, konnte er nicht aufhören, über sie nachzudenken.

Was wusste Sophie? War sie an der illegalen Teigtascherl-Fabrik vielleicht sogar beteiligt? Wollte sie absichtlich den Verdacht auf Brigitte lenken und damit von sich selbst ablenken? War ihr Verhalten in den letzten Tagen womöglich nur gespielt gewesen? Toth lief es bei dem Gedanken kalt über den Rücken. Er wusste, dass Sophie eine gute Schauspielerin sein konnte. Für das Max-Reinhardt-Seminar, an dem sie sich als junge Frau mit einem Monolog aus Johann Nestroys »Der Talisman« beworben hatte, hatte es zwar nicht gereicht, doch wenn sie etwas wirklich wollte, konnte sie in die unterschiedlichsten Rollen schlüpfen. Einmal die taffe

Geschäftsfrau. Das nächste Mal die naive Journalistin. Je nachdem, was ihr mehr brachte.

Toth klappte den Schnellhefter mit allen Unterlagen zu, als sich die Tür zu seinem nüchtern eingerichteten Büro, in dem auch nach seinem ersten Jahr bei der Bestattung kein einziges Bild an der Wand hing, öffnete. Der Geruch nach gebackenem Essen wehte ihm unter seine Nase. Es roch deutlich besser als in der Hernalser Teigtascherl-Manufaktur.

»Na? Haben die Fleischlaberl geschmeckt?«, fragte Toth, als Marie-Theres in sein Büro trat.

»Du hast nix versäumt!«, antwortete die blonde Sargträgerin. »Hast du beim Grab vom Wurm ein Gespenst gesehen oder warum bist du noch blasser als sonst?«

Toth schluckte und fühlte sich einen Moment verunsichert. War es so einfach für Marie-Theres, seine Gefühle zu lesen? Sie kannte ihn anscheinend besser, als er dachte. Er wollte die Information über Sophie noch für sich behalten und überlegen, wie er damit umgehen würde.

»Das wäre aber ein großer Geist.« Er klopfte auf den Stapel aus Unterlagen und erzählte Marie-Theres von seinem BigMac-Kunden aus Saudi-Arabien. Um seine Kollegin abzulenken, öffnete er auf seinem Bildschirm YouTube und gab »Sarg zu groß für Oper« ein. Prompt öffneten sich zahlreiche Videos von ein- und derselben Szene, die Toths Kameramann vor einigen Jahren gefilmt hatte. Er hatte damals über eine Trauerfeier berichtet.

»Habe ich dir das eigentlich je gezeigt?«, fragte Toth und deutete Marie-Theres, neben ihn zu treten, damit sie einen freien Blick auf den Bildschirm hatte. Gemeinsam schauten sie sich die Szene an, die bereits über 680.000 Views hatte. Sie zeigte vier Bestattungsmitarbeiter, von denen zwei mittlerweile in Pension waren, wie sie sich vor der Wiener Staatsoper abmühten. Sie sollten den XXL-Sarg samt einem verstorbenen Opernsänger durch die historische Tür des Hauses am Ring bringen, um ihn dort für eine Verabschiedung aufzubahren. Doch so sehr sie es auch versuchten, die Totenkiste passte einfach nicht durch. Schließlich mussten sie mit hochroten Köpfen wieder abziehen. Die Trauerfeier wurde dann am Zentralfriedhof statt in der Oper abgehalten.

»Arg, oder? Gut, dass meiner hier nur ins Flugzeug und nicht in die Oper muss«, kommentierte Toth.

Marie-Theres mühte sich ein müdes Lachen ab. »Glaubst du, so kannst du mich ablenken? Das Video habe ich schon hundert Mal gesehen.«

Mit einem Mausklick schloss Toth das Video und starrte auf die Unterlagen vor sich. Er spürte, dass er Marie-Theres jetzt nicht abwimmeln konnte. Je mehr er versuchte, ihr auszuweichen, desto sturer und bockiger wurde sie. Auch er kannte seine Kollegin in der Zwischenzeit ganz gut.

»Ich habe nochmal über den Satz nachgedacht, den der Boulanger bei der Bestattungsvorsorge zum August gesagt hat«, erklärte Toth.

»Und was ist dabei herausgekommen?«, fragte Marie-Theres. Sie stand mittlerweile wieder auf der anderen

Seite des Schreibtischs und stützte sich mit beiden Armen darauf ab.

»Wir sollten Mord in Betracht ziehen. Vielleicht wurde François Boulanger nur umgebracht, um die wertvolle Urne zu stehlen?«, fragte Toth.

»Bitte, wer macht sowas? Außerdem, gibt es dafür Anhaltspunkte?«, fragte Marie-Theres. Toth wusste, wie gerne sie solche Wörter verwendete. Damit fühlte sie sich wie eine echte Ermittlerin. Nun würde sie zumindest nicht weiter nach seinen Problemen fragen.

»Wenn es Mord war, haben wir zwei Möglichkeiten«, erklärte Toth. »Entweder es war ein mordender Dieb oder ein stehlender Mörder. Beides ist möglich. Wir müssen herausfinden, was am Tag des Todes genau passiert ist.« Er kratzte sich dabei am Kinn und schaute Marie-Theres nachdenklich an.

»Und wie willst du das anstellen?«, fragte die Sargträgerin.

»Indem wir durch die Augen von jemandem blicken, der an seinem letzten Tag an François Boulangers Seite war«, sagte Toth. Er hatte dabei ein klares Gesicht im Sinn. Und das trug weder Vollbart noch Kopftuch.

Freitag, 16.37 Uhr

Die knallpinke Neonreklame in Form einer Wurst, in der ein stilisiertes Kreuz als Spieß steckte, flackerte in der hereinbrechenden Dämmerung. Sie gehörte zu dem Würstelstand mit dem passenden Namen »eh scho wuascht«, der vor dem Tor 2 des Zentralfriedhofs vor kurzem aufgesperrt hatte. Eine junge Gastronomin hatte die heruntergekommene, geschlossene Imbissbude übernommen und mit neuem Leben erfüllt. Auf dem Grill brutzelten Käsekrainer und Bratwürste, als Toth neben Marie-Theres daran vorbeiging. Der Duft stieg ihm in die Nase und sein Magen knurrte. Wegen der Aufregung über ihre Versöhnung, die er seiner Kollegin gegenüber nie so nennen würde, hatte Toth nichts gefrühstückt und auch das Mittagessen hatte er wegen seines Besuchs bei Otto Wurm ausgelassen. So ging er etwas langsamer, um den Geschmack wenigstens zu inhalieren. Zumindest würde so sein Bauchansatz nicht weiterwachsen, dachte er.

Am Tresen des Würstelstands stand eine zierliche Frau mit schulterlangen, rötlich getönten Haaren. Soweit Toth es erkennen konnte, hatte sie einen leeren, runden Kuchenbehälter mit Deckel aus Plastik vor sich abgestellt und schluchzte.

»Stundenlang bin ich für die Torte in der Küche gestanden und dann fällt sie mir ausgerechnet am Friedhof auf den Boden. Das gibt's doch nicht!«

»Seien Sie nicht traurig. Es liegen sowieso schon so viele am Zentralfriedhof«, antwortete die schlagfertige

Imbiss-Betreiberin und stellte ihrer verzweifelten Kundschaft ein Stamperl mit Schnaps neben die Kuchenform. Offenbar zur Beruhigung.

»Das kann sein«, sagte die kuchenlose Frau und kippte den Schnaps herunter. Dann fügte sie hinzu: »Aber keiner mit sechs Eiern.« Die junge Würstelstandbesitzerin ließ die Grillzange, mit der sie die Käsekrainer oder Eitrige, wie man in Wien zu sagen pflegte, gerade wendete, beinahe fallen und lachte auf. Auch Toth und Marie-Theres, die beinahe bei ihrem Ziel angekommen waren, sahen einander an und schmunzelten.

Vor ihrem Blumenladen gleich gegenüber des Würstelstands hatte Meter einen Erdhaufen aufgeschüttet. Es sah ein wenig so aus, als hätte sie direkt vor der Eingangstür jemanden verscharrt. Mit stolzem Blick, als hätte sie gerade einen Berg erklommen, stand die kleinwüchsige Floristin in Gummistiefeln auf der Spitze des Hügels und hantierte mit einem Spaten, der beinahe so groß war wie sie selbst.

»Das ist unser neuestes Modell. Damit ist Ihr neues Beet im Handumdrehen umgegraben«, warb sie mit lauter Stimme.

Toth suchte den Blick der Blumenhändlerin, um sich zu vergewissern, dass alles nach Plan lief. Als Meter ihm kurz mit dem linken Auge zuzwinkerte, um sich dann wieder ihrer Kundin zu widmen, wusste Toth, was zu tun war.

Während Meter die Vorzüge des Spatens vorführte, schlichen sich Toth und Marie-Theres vorbei an dem gärtnerischen Schauspiel und huschten von Meters Kundin unentdeckt in den kleinen Blumenladen. Es roch nach Rosen und frisch geschnittenen Gräsern. Inmitten des Geschäfts stand jener knallgelbe Plastiksessel, auf dem Meter vorgestern noch an dem Blumen-Phallus gewerkt hatte. Nun lag eine weiße Lederhandtasche mit goldenem Verschluss darauf.

Marie-Theres behielt die Eingangstür im Blick, um sich zu vergewissern, dass keine Kundschaft in Sicht war. Währenddessen beugte sich Toth über Maria Zuckers Handtasche und versuchte, sein schlechtes Gewissen zu ignorieren.

»So ein Dreck. Wieso geht das nicht!«, fluchte er und drückte an dem glänzenden Verschluss der Tasche herum.

»Lass mich das machen«, beruhigte ihn Marie-Theres. Sie schob ihren Kollegen zur Seite und öffnete die Tasche mit zwei Fingern gekonnt binnen zwei Sekunden.

Das grelle Licht im Blumenladen leuchtete das Innenleben der Tasche gut aus. Gebrauchte Taschentücher. Ein Kamm. Ein schwarzes Portemonnaie. Halswehzuckerl. Ein Schlüsselbund. Lippenstift. Toth kramte vorsichtig in den unendlichen Weiten von Marias Zuckers Handtasche. Wo war es nur? Hatte sie es nicht mitgenommen? War das ganze Risiko umsonst? Als er mit seinen Fingern am Boden der Tasche angekommen war, ertastete er, wonach er gesucht hatte.

»Ich hab´s«, entfuhr es ihm lauter als gewollt.

»Pssst«, sagte Marie-Theres und legte ihren Zeigefinger vor den geschlossenen Mund.

Gemeinsam bückten sich die beiden über das Smartphone von Boulangers ehemaliger Assistentin. Es war ein älteres Modell. Toth hatte so eines vor einigen Jahren gehabt. Auf der Rückseite der Schutzhülle lächelte ihnen François entgegen. Maria Zucker hatte sein Foto draufdrucken lassen.

Alexander Toth drückte auf den runden Knopf am unteren Ende des Mobiltelefons, um ins Menü zu gelangen.

»Ich habe es vermutet. Gesperrt«, flüsterte er.

»Und was jetzt?«, fragte Marie-Theres. Sie schielte immer wieder in Richtung Eingangstür.

»Eins, zwei, drei, vier. Das funktioniert fast immer«, sagte Toth und tippte die Zahlenreihe auf dem Touchscreen ein.

»Und?«, wollte Marie-Theres wissen. Ihre Stimme klang nervös.

»Mist. Funktioniert nicht«, fluchte Toth.

»Komm, Toth, lass uns verschwinden, bevor sie reinkommt«, sagte Marie-Theres.

Alexander Toth versuchte, einen kühlen Kopf zu bewahren. Welche vierstellige Tastenkombination könnte Maria Zucker für ihr Telefon verwendet haben? Er drehte das Smartphone und sah in das rundliche, zufriedene Gesicht von François Boulanger.

»Ha, ich habe es«, entkam es ihm. Er tippte die Zahlen langsam ein. Bloß keinen Fehler machen. Vor der vierten zögerte er kurz. Wenn diese Kombination nicht stimmen würde, müssten sie sich tatsächlich einen neuen Plan überlegen. »1954. Das Geburtsjahr von ihrem Franz

Bäcker«, jubilierte Toth und hielt Marie-Theres das entsperrte Telefon unter die Nase.

»Du bist ein Held«, sagte Marie-Theres. »Jetzt aber schnell. Wer weiß, wie lange Meter sie noch ablenken kann.«

Alexander Toth hatte Meter um einen großen Gefallen gebeten. Einen Gefallen, den die Blumenhändlerin zunächst strikt ausschlug, sich aber dann doch von Toths Charme weichkochen ließ. Sie sollte ihn informieren, wenn Maria Zucker das nächste Mal ins Geschäft kam und sie ablenken. Vor allem musste die Floristin die Sugar-Mary dazu bringen, ihre Handtasche aus den Augen zu lassen. Beides war Meter gelungen. »Geht los, LG M«, hatte sie ihm vor weniger als zehn Minuten per SMS geschrieben.

Alexander Toth navigierte sich durch die Menüpunkte des Handys dorthin, wo er hinwollte. Zu den Fotos. Er wischte hin und her, bis er schließlich an François Boulangers letztem Abend angelangt war. Maria Zucker hatte ihnen die Fotos bei ihrer ersten Begegnung vor Boulangers Mausoleum schon kurz gezeigt. Mit ihrem jetzigen Wissensstand könnten sie vielleicht etwas auf ihnen entdecken, das ihnen zuvor verborgen geblieben war.

Toth zoomte in das Gesicht von François Boulanger, der einen hellen Anzug trug. Seine grauen Haare waren zurückgegelt, die Backen rot angelaufen. Er sah gut gelaunt aus. Und gesund. Er saß an genau jenem runden Tisch, an dem Toth und Marie-Theres bei ihrem Besuch im »Le petit sac« gesessen waren. Toth zoomte wieder heraus, um sich das ganze Foto anzusehen. Es muss eine sehr seltene Familienzusammenkunft gewesen sein an seinem 70. Geburtstag. Alle waren da. Patricia. Brigitte. Alain. Und sogar Sophie. An ihrem Gesicht blieb Alexander Toths Blick etwas länger hängen. Es musste sie enorme Überwindung gekostet haben, sich von ihrem Vater einladen zu lassen.

»Der muss auch überall dabei sein«, spottete Marie-Theres leise und deutete auf einen sportlichen Mann im Slimfit-Anzug, der ebenfalls an dem runden Tisch saß. Es war Kurt Sauprigl.

»Der kennt die Boulangers bestimmt aus seiner Zeit in der Politik«, kommentierte Toth. »Und den hier kennen wir auch«, fuhr er fort und deutete mit dem Zeigefinger auf einen Mann, der als Einziger auf dem Foto stand und nicht saß.

»Bao«, sagte Marie-Theres erschrocken. Sie erkannte den jungen Vietnamesen in seinem goldbestickten, schwarzen Áo dàit, einer traditionellen vietnamesischen Tracht, sofort.

Alexander Toth wischte sich am Smartphone zum Beginn der Fotostrecke des Abends. Er musste einen Überblick bekommen und wollte dabei chronologisch vorgehen. Die ersten Fotos dürften beim Eintreffen der Gäste entstanden sein. Man sah François diverse Hände schütteln. Da und dort gab es auch ein Bussi oder eine Umarmung. Dann zwei verwackelte Videos, die Maria Zucker aufgenommen hatte. Das erste zeigte eine Art Lichtershow. Bunte Lichtstrahlen, die zu loungeartiger

Musik durchs abgedunkelte Restaurant wanderten. Das zweite zeigte einen Teigtascherl-Tanz, wie Maria Zuckers Stimme verriet, die die unscharfen Aufnahmen im Hintergrund kommentierte. Bao und fünf weitere Vietnamesen bewegten sich dabei zu sphärischen Klängen um ein Podest, auf dem ein schwarzer Teller mit einem Teigtascherl präsentiert wurde. Es war die neueste Kreation, die zu François' Jubiläum vorgestellt wurde. Das »Tulas«, wie Toth seit seinem Besuch in der Villa wusste.

Danach wischte sich Toth durch mehrere Aufnahmen, die zeigten, wie Bao und seine Kollegen die Teigtascherl servierten. Und dann einige Gruppenfotos, Boulanger mit seinen Vertrauten um den Tisch sitzend, mit den dampfenden Aumônières auf den Tellern. Moment. Konnte das sein? Alexander Toth ging auf Maria Zuckers Smartphone ein paar Fotos zurück. Und dann wieder nach vorne. Er traute seinen Augen nicht. Er zoomte auf ein Detail der Aufnahme und blickte zu Marie-Theres. »Denkst du, was ich denke?«

Marie-Theres nickte.

Hier ist es stockdunkel, also kann ich mir die vielen bunten Lichter nur noch vorstellen. Sie waren das Letzte, woran ich mich erinnern kann. Und an diesen lächerlichen Teigtascherl-Tanz, wem auch immer der eingefallen ist. Wahrscheinlich Alain, er hatte ein Händchen für schlechte Ideen. Alle waren sie gekommen. Meine Frau Patricia, Alain, Brigitte und sogar Sophie hatte mir die Ehre erwiesen. Viel lieber wäre ich mit ihr allein bei einem Glas Wein gesessen und hätte so manches aus der Welt geräumt.

Ich war ein Gastgeber mit Leib und Seele. Ging es den Gästen gut, ging es auch mir gut. Als Sohn einfacher Wirtsleute war es zu Beginn nicht einfach, mich in der Wiener Schickeria zurechtzufinden. Immer lächeln. Immer freundlich sein. Und immer so tun, als wäre man einer von denen. War das anstrengend! Zumindest am Anfang. Am Ende hatte ich es schon wirklich gut drauf. Oder war ich sogar einer von ihnen geworden?

Moment! Ein Bild sehe ich noch deutlich vor mir. Diese neue Aumônière, die allen Festgästen serviert wurde. Tulas. Seltsamer Name. Und seltsamer Geschmack. Den werde ich nie vergessen. Immerhin war es das Letzte, das ich je schmecken sollte.

Samstag, 9.39 Uhr

Sie führte die dünnen Bänder hinter ihrem Rücken zusammen und knotete sie trotz ihrer etwas steifen Finger gekonnt zu einer Masche. Alexander Toth war überrascht, wie gelenkig seine Mutter in ihrem Alter noch immer war, als sie die Schürze anlegte. Leopoldine Toth hatte darauf bestanden, ihre eigene mitzubringen, die sie zu ihrem 75. Geburtstag von ihrer Nachbarin Fini geschenkt bekommen hatte. »I may be old, but I'm not dead« stand in weißen Buchstaben auf grauem Stoff, der mit Fettflecken übersät war, die auch durch sorgfältiges Waschen offenbar nicht mehr wegzubekommen waren. Der schwarze Humor lag in der Familie. Toth las den Satz und dachte darüber nach, ob so eine Schürze nicht auch etwas für das Merchandising-Programm der Wiener Bestattung wäre.

»So, ich wäre bereit! Können wir anfangen?«, stellte Dina Toth fest, klatschte dabei in die Hände und blickte forsch in die Runde.

Alexander Toth bereute es bereits, seine resolute Mutter mitgebracht zu haben. Gleich nach dem Eintreten hatte sie sich bei allen Anwesenden erkundigt, ob ihnen ihr Sohn eh noch aus dem Fernsehen bekannt sei. Doch durch sie wirkte es glaubwürdiger, den Besuch hier als privat zu verkaufen. Während sich die anderen Teilnehmerinnen, es waren ausschließlich Frauen, die bereitgestellten, rot-weiß-gestreiften Kochschürzen anlegten, auf denen der Name »A-Team« gedruckt war, sah sich

Toth ein wenig um. Der Raum, in dem sie sich befanden, war einst ein Verkaufsstand gewesen. Mittlerweile war er zu einer Art Backstube umfunktioniert worden: der Boden verfliest mit bunten, marokkanischen Fliesen, die Wände weiß gestrichen. In der Mitte des Raumes standen mehrere hüfthohe Holztische, auf denen fein säuberlich diverse Zutaten wie Mehl, Eier, Gemüse und Fleisch angerichtet waren. Daneben stand jeweils eine Küchenwaage sowie Schüsseln, Kochlöffel und andere Küchenutensilien.

»Ich freue mich sehr, dass Sie heute alle zu meinem Backworkshop gekommen sind. Das A-Team heißt Sie herzlich willkommen«, sagte Alain Boulanger. Wofür das »A« stand, konnte sich Toth zusammenreimen, wer mit Team gemeint war, blieb im Verborgenen. Denn Alain stand mit den zahlenden Kundinnen allein in der Küche.

»Was machen Sie denn hier?«, fragte Alain, als er Alexander Toth entdeckte. Seine Stimme klang auf einmal verärgert.

Toth hatte schon befürchtet, dass Alain so oder so ähnlich reagieren würde und war dementsprechend vorbereitet. Er deutete auf seine Mutter.

»Das ist ein rein privater Besuch«, erklärte er. »Meine Mutter ist eine leidenschaftliche Köchin und freut sich riesig, etwas von Ihnen lernen zu können.« Dina Toth nickte wortlos und setzte ein gekünsteltes Lächeln auf.

»Das will ich Ihnen einmal glauben. Wer das Kochen liebt, ist bei mir willkommen«, antwortete Alain.

Zumindest nach außen hin gab er sich mit Toths Erklärung zufrieden.

»Wir werden heute gemeinsam Aumônières produzieren. Nachdem Sie hier sind, wissen Sie wahrscheinlich alle, was das ist?«, warf Alain in den Raum. Er trug, so wie auf der billig produzierten Broschüre, die Toth in seinem Büro mitgehen hatte lassen, eine weiße Kochhaube. Seine Patek-Phillippe-Uhr hatte er abgelegt.

»Na bessere Teigtascherln sind das!«, rief Dina in die Runde und erntete damit einige Lacher. Sie verteilte bereits ungeduldig das Mehl auf der Arbeitsfläche vor ihr. Toth verdrehte erst die Augen und warf seiner Mutter danach einen ernsten und Alain einen entschuldigenden Blick zu.

»Nicht ganz, gnädige Frau. Aumônières kommen aus der französischen Küche. Sie sehen aus wie Klingelbeutel und haben daher auch ihren Namen. Sie sind etwas aufwendiger herzustellen als herkömmliche Teigtascherln. Ich werde es Ihnen gleich zeigen«, erklärte Alain. Er krempelte dabei die Ärmel seiner Kochjacke nach oben und präsentierte weihevoll die einzelnen Zutaten.

»Für den Teig brauchen wir nicht viel. Weizenmehl, Weizengrieß, Eier, Wasser und eine Prise Salz«, zählte er auf.

»Pfff. Eier für einen Teigtascherl-Teig! Das hab' ich mein Lebtag noch nicht gehört«, zischte Dina in Richtung ihres Sohnes, und zwar so laut, dass es auch alle anderen hören konnten.

»Mama, bitte!«, versuchte Toth zu beruhigen. Doch Alain Boulanger ließ sich nicht aus der Ruhe bringen.

»Sie haben schon recht. Man kann den Teig auch ohne Eier machen. Aber für unsere Aumônières heute brauchen wir sie«, antwortete Alain und begann mit der Zubereitung.

Er leerte das Mehl und den Weizengrieß in eine Schüssel und drückte in die Mitte eine kleine Grube. Darin schlug er einhändig nach und nach die Eier hinein, um das Ganze anschließend mit einer Prise Salz zu verfeinern.

»Und jetzt kommt der schönste Teil: das Kneten«, kündigte Alain an. Alexander Toth versuchte den Alain, den er gerade vor sich sah, mit jenem, den er im »Le petit Sac« erlebt hatte, zu vergleichen. Bis auf die frappante Ähnlichkeit mit seinem Vater hatten sie nicht viel gemeinsam. Keine Spur von der Arroganz und Abgehobenheit, die er gegenüber seinen Mitarbeitern an den Tag gelegt hatte. Der A-Team-Alain wirkte entspannt und in sich ruhend. Dass Alain sich beim Kochen und Backen wirklich auskannte, hätte Toth schon auffallen können, als Marie-Theres das Mehl am Tisch des Restaurants gekostet hatte. Es war kein Kokain gewesen, wie sie zunächst geglaubt hatten. Vermutlich war Alain in die Küche gegangen, um die Teigtaschen zu prüfen.

»Also daheim habe ich eine Küchenmaschine. Mit der geht das viel schneller«, rief Dina und riss Toth aus seinen Gedanken. Die anderen Teilnehmerinnen wirkten mittlerweile nicht mehr erheitert, sondern leicht genervt und begannen synchron zu kneten.

»Da haben Sie recht. Aber Handarbeit gehört zu den echten Aumônières einfach dazu«, erklärte Alain in freundlichem Ton.

Alexander Toth gab seiner Mutter einen leichten Stoß in die Nierengegend, die diesen mit einem Achselzucken quittierte.

»Während wir den Teig jetzt rasten lassen, kommen wir zur Fülle. Sie sehen es schon vor sich, wir füllen unsere Aumônières heute mit einer Huhn-Karotten-Mischung«, sagte Alain und hob die Hühnerkeule vorsichtig auf.

»In ein Teigtascherl gehört Faschiertes«, grummelte Dina, während sie das Hühnerfleisch vom Knochen löste. Diesmal sagte sie es so leise, dass es nur ihr Sohn hören konnte.

Mit viel Routine und einem ständigen Lächeln auf den Lippen führte Alain seiner Kochgruppe das Zubereiten der Fülle vor. Hühnerfleisch zerpflücken und klein hacken. Schalotten und Knoblauch schälen und ebenfalls klein schneiden. Dann Karottensaft, Basilikum und Sauerrahm dazu und mit dem Pürierstab zu einer sämigen Masse verarbeiten.

»Voila! Und fertig ist unsere Fülle«, sagte Alain stolz und ging von Kochplatz zu Kochplatz, um die Ergebnisse seiner Schülerinnen zu begutachten. »Sehr gut. Genau so soll das ausschauen. Hier würde ich noch ein wenig nachpürieren«, fuhr er fort, als er auf den Inhalt von Dinas Küchenschüssel blickte.

»Ich bin schon in der Küche gestanden, da war der noch in Abrahams Wurstkessel«, kommentierte Dina den Frontalangriff auf ihre Kochkünste. Sie steckte einen Finger in die Masse, kostete und verzog ihr Gesicht. »Ich sag ja, in Teigtascherln gehört Faschiertes.«

Alain Boulanger ließ sich weiterhin nicht beirren und kehrte zu seinem Arbeitsplatz zurück. »Jetzt kommt der schwierigste Part des Ganzen. Das Formen unserer Aumônières. Dafür braucht man ein wenig Fingerspitzengefühl.« Toth meinte darin eine kleine Spitze in Richtung seiner Mutter zu hören, die er Alain nicht verdenken konnte.

Mit einer silbernen Ringform stach Alain aus dem ausgerollten, mittlerweile gerasteten Teig mehrere Kreise aus und legte sie auf die mit Mehl bestäubte Arbeitsfläche.

»Da geben wir jetzt in die Mitte einen Teelöffel unserer Füllung hinzu und danach klappen wir vorsichtig eine Falte nach der anderen in den Teigrand, sodass es am Ende wie ein kleines Geldsäckchen aussieht. Eine Aumônière eben«, erklärte er und führte das Gesagte gekonnt vor.

Dina plagte sich mit ihren steifen Fingern ein wenig, den Anleitungen korrekt zu folgen. Alexander Toth erinnerte das Ergebnis ihres Aumônières an seine ersten Bastelversuche mit Plastilin.

»Sie könnten direkt alle bei mir in der Küche anfangen«, lobte Alain die fertigen französischen Teigtaschen, die allesamt nicht so perfekt aussahen wie seine eigenen.

»Und während wir jetzt warten, bis das Wasser für unsere Aumônières kocht, lasse ich Sie etwas ganz Besonderes kosten«, kündigte Alain an. Er griff zu einem Tablett, dass im Regal hinter ihm stand, und stellte es in die Mitte der Runde auf den Tisch.

»Das ist meine neueste und meiner Meinung nach beste Kreation. Ich habe sie Tulas getauft. Benannt nach dem gleichnamigen indischen Basilikum, das in der Fülle ist«, erklärte er und forderte seine Kundinnen und Alexander Toth auf, zuzugreifen.

Zahlreiche »Mmmmhs« und »Oooohs« gingen durch den Raum, als eine nach der anderen Alains Teigtascherl kostete. Dina Toth kaute zunächst geräuschlos vor sich hin, bis ihre Augen zu leuchten begannen.

»Ich muss ehrlich sagen«, gab sie zu, »das schmeckt wirklich sehr gut. Nicht so gut wie meine Teigtascherl, aber nah dran.«

Alain war sichtlich stolz über dieses Kompliment, das nach dem bisherigen Verlauf des Vormittags nicht selbstverständlich war, und griff selbst zu.

Auch Alexander Toth biss herzhaft in die neueste Boulanger-Kreation. Er dachte dabei an die letzten Worte von François, von denen Maria Zucker berichtet hatte, und erwartete den süßen Geschmack. Vergeblich. Solange er auch kaute, das Tulas-Tascherl schmeckte herrlich, aber herb. Keine Spur von »süß wie Zucker«.

Alexander Toth kratzte sich am Kinn und dachte nach. Wenn die Tulas-Teigtaschen tatsächlich Alains Kreation waren, wie er gerade stolz verkündet hatte, dann hatte er sie vermutlich auch zu François' Geburtstag im »Le petit Sac« zubereitet. Hatten sie damals süß geschmeckt? Oder waren die Teigtaschen von François Boulanger womöglich mit etwas anderem als Basilikum gefüllt gewesen?

Ein fürchterlicher Gedanke kam Toth. Hatte Alain seinen Vater vergiftet?

Samstag, 15.12 Uhr

Er saß von allen unbemerkt auf einem wackeligen Holzstuhl ganz am Rand und schloss für einen Moment die Augen. Seine rechte Hand legte Toth auf den schwarzen Trolley neben ihm ab, in dem er bei der Arbeit stets die Bestatter-Grundausstattung mitführte. Feuerzeug für die Kerzen, eine kleine Musikanlage samt Tablet sowie ausreichend Taschentücher für die trauernden Angehörigen und seine Pollenallergie, die ihn mittlerweile bis in den Spätherbst plagte. Danke, Klimawandel. Einen Augenblick lang stellte er sich vor, es wäre ein Reisekoffer, mit dem er gerade im Urlaub angekommen war.

Er verstand zwar nur einige Wortfetzen, doch er sog das emotionale Stimmengewirr um ihn herum regelrecht auf und fühlte sich wie auf der Promenade in Jesolo, wo er mit seinen Eltern als Kind einige Male den Sommerurlaub verbracht hatte. Weil sie nur wenig Geld hatten, war es meistens nur eine knappe Woche gewesen. Schon damals hatte er nie richtig einschätzen können, ob die Menschen in Italien wild gestikulierend miteinander stritten oder sich eine Liebeserklärung machten. Hätte er hier in der Halle 2 nur zugehört und nicht zugesehen, hätte er auch niemals erraten, dass man sich aus Trauer in den Armen lag und lautstark Beileid wünschte.

Der steinerne Sockel, auf dem der offen aufgebahrte Sarg stand, war mit einer italienischen Flagge verhüllt. Rundherum standen vier prächtige, über hundert Jahre alte Olivenbäume in Terracotta-Töpfen, die bereits am

Vortag von einer Gärtnerei zum Zentralfriedhof angeliefert worden waren. Es waren die Lieblingspflanzen des verstorbenen Eissalon-Besitzers, der das Geschäft in Wien in dritter Generation führte, bevor es ihn eiskalt erwischte. Schlaganfall mit 66 Jahren. Da fängt das Leben leider nicht für alle an.

Um der Großfamilie aus einem kleinen Ort in der Toskana die Teilnahme in Wien zu ermöglichen, hatten die Angehörigen den teuren Samstagstermin für die Trauerfeier samt Beerdigung gebucht. 2.000 Euro Aufschlag. Umsonst ist zwar der Tod, das Rundherum allerdings nicht. Alexander Toth hatte sich freiwillig für die Sonderschicht am Wochenende gemeldet. Durch die Überstunden wäre zumindest der sauteure Champagner im »Le petit Sac« wieder herinnen, dachte er sich.

Zwei Stunden lang wollte sich die Familie von ihrem Alberto verabschieden.

Sein schwarz-weißes Bild mit Namen und Sterbedatum hatten die Angehörigen, wie in Italien üblich, auf Flugblätter gedruckt und am Eingang der Trauerhalle sowie an den Wänden mit Klebeband befestigt. Sie hatten darum gebeten in Ruhe, oder was Italiener eben unter Ruhe verstehen, von dem Verstorbenen Abschied zu nehmen. Toth hatte deshalb wenig zu tun und konnte die Trauergemeinde beobachten, die gerade mit Grappa in kleinen Gläsern auf Alberto anstieß, während im Hintergrund Dean Martin »That's Amore« aus den krachenden Boxen sang.

»Da geht's ja zu wie in Lignano«, sagte Marie-Theres, die sich geräuschlos auf den Sessel neben Toth gesetzt hatte.

»Du bist zu früh. Die brauchen noch ein bisserl«, antwortete Toth und deutete auf die italienische Großfamilie in Schwarz.

»Umso besser. Dann kannst du mich wenigstens auf den aktuellen Stand der Dinge bringen«, forderte die Sargträgerin, die bereits ihren dunklen Talar angezogen hatte und ihre Haare wie immer bei der Arbeit zu einem Zopf gebunden trug.

»Von dem Kochworkshop habe ich dir ja schon kurz geschrieben. Wie sich meine Mutter dort aufgeführt hat, erzähl ich dir lieber nicht«, seufzte Toth.

»Mütter«, ächzte Marie-Theres und kam sofort wieder zur Sache. »Na und, was tun wir jetzt? Was ist unser nächster Ermittlungsschritt?«

»Du klingst, als kämst du aus einem deiner Podcasts«, sagte Toth. »Ich habe meinen alten Polizei-Kumpel Bertl um einen Gefallen gebeten. Mal schauen, was dabei herauskommt.« Er zeigte auf sein Smartphone, dass sich durch seine Hosentasche abzeichnete.

Chefinspektor Herbert Berger kannte Toth bereits seit vielen Jahren. Der Ermittler hatte ihm in seiner Zeit als Journalist immer wieder wichtige Informationen zugesteckt, weil er wusste, dass Toth sorgfältig recherchieren und das Richtige damit tun würde. Über die Jahre hatte sich eine Art Freundschaft zwischen dem Polizisten und Alexander Toth entwickelt, die bis heute anhielt.

»Willst du mir vielleicht verraten, worum du ihn gebeten hast, du Geheimniskrämer?«, fragte Marie-Theres und verschränkte die Arme vor der Brust.

»Ich will erst warten, was er herausfindet. Vielleicht ist es auch ein Blödsinn«, meinte Toth. »Aber lass uns doch einmal die Vergiftungstheorie durchgehen.«

Bim. Bim. Bim. Alexander Toth fuhr aus dem klapprigen Stuhl hoch, der dabei beinahe zusammengebrochen wäre. Warum läutete es so laut? Hatte jemand versehentlich die Glocke der Trauerhalle aktiviert, die eigentlich erst beim Auszug des Sarges läuten sollte? Toth blickte fragend um sich. Die Antwort kam auf zwei kleinen Rädern daher. Es war ein Eiswagen mit schwarz-weißem Schirm, den der Sohn von Alberto in die Trauerhalle rollte, um mit lauten Bimmeln darauf aufmerksam zu machen.

»Gelato per tutttiiiiii!«, rief er in die Runde, wobei seine Stimme von den Wänden der Halle wiedergegeben wurde. Kurz darauf hatte die versammelte Trauergemeinde ein Stanitzel mit Eiskugeln aus der familieneigenen Manufaktur in der Hand und stand schleckend vor dem Sarg.

»Theorie? Für mich ist es eindeutig, dass er vergiftet wurde. Du hast doch auch die Fotos gesehen«, setzte Marie-Theres das Gespräch fort.

»Wir haben nur gesehen, dass jemand den Drehtisch bewegt hat, als die Teigtascherln bereits serviert waren. Das beweist noch gar nichts«, stellte Toth fest.

Alexander Toth spielte auf die Fotos in Maria Zuckers Handy an, die sie in Meters Blumenladen gesehen hatten. Durch die goldenen Ornamente am Drehtisch im »Le petit Sac« war eindeutig zu erkennen, dass jemand die Platte bewegt hatte, als die Teigtascherln bereits serviert worden waren. Somit hätten François die vergifteten Teigtascherl zugeschoben worden sein können, als die Tischgesellschaft gerade durch eine der zahlreichen Showeinlagen abgelenkt gewesen war.

»Aber nehmen wir mal an, es war so und jemand hat unseren François vergiftet«, sagte Toth. »Wer soll es gewesen sein?«

»An dem Abend waren alle unsere Verdächtigen dabei. Es hätte also theoretisch jeder und jede gewesen sein können. Auch deine heilige Sophie«, stichelte Marie-Theres.

»Aber Sophie ist keine Köchin, wie ich nur zu gut weiß«, gab Toth zurück. »Ganz im Gegensatz zu Alain, der mir ja heute selbst gesagt hat, dass die Tulas-Kreation seine eigene ist. Er hätte auch das größte Motiv gehabt. Vielleicht hat er geglaubt, wenn sein Vater weg ist, gehört das ganze Teigtascherl-Imperium ihm«, sagte Toth und merkte dabei, wie sich Marie-Theres' Blick bei seinen Worten verfinsterte.

»Aja, vergessen. Sophie ist unantastbar«, ätzte die Sargträgerin.

Alexander Toth hörte seiner Kollegin gar nicht richtig zu. Er war abgelenkt. Nicht von den eisschleckenden Italienern, die sich trotz vollem Mund lautstark unterhielten. Es war etwas anderes, das sein Interesse weckte. Vor dem offenen Sarg hatten die Angehörigen und Freunde zahlreiche Blumenkränze abgelegt, allesamt mit italienischen Sprüchen versehen. »Mancherai tanto a tutti noi«, »Resterai sempre vivo nei nostri ricordi« oder »Riposa in pace, caro amico« stand darauf geschrieben. An einem Kranz aus weißen Lilien war ein hellrosa Band befestigt. »Un ultimo Saluto« war darauf zu lesen. Ein letzter Gruß.

»Salut!«, rief Toth aus. Er sprach das Wort dabei französisch aus, dafür reichten seine Sprachkenntnisse. Ein paar Italiener, die in ihren schwarzen Anzügen aussahen wie aus einem Modeprospekt, drehten sich verwirrt zu ihm um und bedachten ihn dann mit einem verächtlichen Kopfschütteln.

»Bist du jetzt völlig verrückt geworden? Was ist los mit dir?«, fragte Marie-Theres. Sie fasste Toth dabei am Oberarm und rüttelte daran, als ob sie ihn aufwecken wolle.

»Ganz und gar nicht. Sag doch mal das Wort Salut verkehr herum«, forderte Toth seine Kollegin auf.

Nach kurzem Zögern setzte Marie-Theres an und sagte langsam: »Tulas.« Ihr blieb der Mund offen.

»Der Name Tulas kommt nicht vom Basilikum. Es war eine Abschiedsformel. Alain wollte sich mit dem Teigtascherl von seinem Vater verabschieden«, fasste Toth zusammen.

Marie-Theres atmete hörbar aus. Nun war sie es, der die Italiener wütende Blicke zu warfen.

Samstag, 16.32 Uhr

Seine Fingerknöchel waren bereits wenige Millimeter davor, die weiße Türe zu berühren, als er seine Hand abrupt zurückzog. Eine monotone Stimme war dumpf durch einen kleinen Spalt aus dem Raum zu hören. Sie hielt Alexander Toth davon ab, anzuklopfen. Er legte sein rechtes Ohr ganz vorsichtig an die Bürotür, um die Worte zu verstehen. Durch die sanfte Berührung wurde der Türspalt ein wenig größer.

»Ich sehe gut aus. Ich bin intelligent. Und ich werde das schaffen. Ich sehe gut aus. Ich bin intelligent. Und ich werde das schaffen. Ich sehe gut aus. Ich bin intelligent. Und ich werde das schaffen.« Wie ein Mantra wiederholte die Stimme diese drei Sätze immer und immer wieder. Es war Kurt Sauprigl, der sich offenbar vor seinem großen Auftritt bei der morgigen Jubiläumsfeier Mut zusprach. Alexander Toth unterdrückte ein Lachen, das beinahe aus ihm herausgeplatzt wäre, und lugte mit einem Auge durch den Türspalt des Büros. Sauprigl stand vor einem mannshohen Spiegel, den er sich im Büro montieren hatte lassen, und schaute sich dabei zu, wie er seine drei Glaubenssätze, die ihm womöglich ein Motivationscoach aus dem Internet beigebracht hatte, immer und immer wieder vorsagte. Dazwischen leckte er sich über Daumen und Zeigefinger und strich damit seine gezupften Augenbrauen zurecht.

Alexander Toth hätte diese Szene am liebsten mit seinem Smartphone gefilmt, um sie Marie-Theres und auch den anderen Kollegen zu zeigen, doch das schien ihm dann doch etwas zu riskant. Außerdem war er ohnehin schon zwei Minuten zu spät zu dem Termin gekommen, zu dem Sauprigl ihn zitiert hatte. Einmal ließ er ihn sein Mantra noch herunterbeten, bevor der Bestatter anklopfte.

»Einen Moment«, sagte Sauprigl. Seine Stimme hatte mit einem Schlag wieder jenen latent aggressiven Ton angenommen, den Alexander Toth gewöhnt war. »Herein!«, befahl Sauprigl wenige Augenblicke später.

Alexander Toth öffnete die Tür, die ohnehin bereits leicht offenstand, und betrat das Büro. Bis vor wenigen Monaten hatte hier noch Bärbel Hansen residiert, bevor Sauprigl durch seine immer noch guten Kontakte zur Stadt die norddeutsche Bestattungschefin samt ihrer einzigen Tischdeko, dem Nachbau eines historischen Hamburger Dampfschiffs in Miniaturform, auf dessen Bug »Gegenwind formt den Charakter« stand, ausquartierte und selbst das größte und schönste Büro der gläsernen Unternehmenszentrale bezog. Aus dem vorher nüchtern eingerichteten Raum wurde ein echtes Luxus-Büro. Sauprigl ließ sich einen dunklen Nussbaum-Parkettboden verlegen und die Wände mit einer gold-weißen Tapete bekleben. Gegenüber seinem gläsernen Schreibtisch, auf dem das neue Bestattungsmaskottchen »Bodschi« lag, stand ein dunkelgrünes Ledersofa, daneben ein Beistelltisch mit Whiskeygläsern und einer dazugehörigen Karaffe, in der kaum noch etwas von der goldgelben Flüssigkeit übrig war. An den Wänden hatte er einige gerahmte

Fotos aufgehängt, die alle eines gemeinsam hatten: Kurt Sauprigl.

Sie zeigten Kurt Sauprigl mit dem ehemaligen Bürgermeister. Kurt Sauprigl mit einer bekannten Wiener Charitylady. Kurt Sauprigl mit einer Ex-Schwimmerin. Kurt Sauprigl mit einem Zeitungsjournalisten.

»Du bist zu spät, Toth. Schon wieder«, sagte Sauprigl, als Alexander Toth das Büro betrat. Er würdigte ihn keines Blickes, sondern schaute immer noch selbstzufrieden sein Spiegelbild an, wobei er sich diesmal mit der Hand durch die gegelten Haare fuhr.

»Das darf und wird morgen nicht passieren. Du wirst überpünktlich in deinem Sarg stehen und auf mein Kommando die Gäste erschrecken. Verstanden?«, fuhr Sauprigl fort. Nun sah er Toth doch in die Augen, ging an ihm vorbei und setzte sich danach in seinen für den Raum viel zu mächtigen Bürosessel. Er hinterließ eine Duftwolke aus Lavendel, Moschus und Jasmin. In dem Raum roch es, als hätte Davidoff seine Produktionsstätte gleich nebenan eröffnet.

Obwohl Toth ein mehrfach preisgekrönter, langjähriger Journalist war und sich von so gut wie niemandem etwas sagen ließ, fühlte er sich in Sauprigls Gegenwart immer wieder aufs Neue wie ein Schüler, der etwas angestellt hatte. Die arrogante und überhebliche Art des ehemaligen Vizebürgermeisters löste ein derartiges Unwohlsein in Toth aus, dass seine Schlagfertigkeit auf unerklärliche Weise ausschaltete. Komplett abhanden kam sie Toth allerdings auch in dieser Situation nicht.

»Ich nehme nicht an, dass du mich herbestellt hast, um mir das zu sagen.«

»Da liegst du ausnahmsweise einmal richtig, Toth«, antwortete Sauprigl. Er spielte dabei mit der silbernen Rolex an seinem linken Handgelenk. »Du glaubst wirklich, ich bin dumm, oder?«

Toth hielt das für eine rhetorische Frage und sparte sich eine Antwort, die ihn in noch größere Schwierigkeiten gebracht hätte.

»Ich habe längst mitbekommen, dass du schon wieder den großen Detektiv spielst und nach dieser gestohlenen französischen Urne suchst«, zischte Sauprigl. »Spiel dich nicht. Ein Wort von mir zu Bärbel Hansen und du fliegst hier raus und kannst dir einen neuen Job suchen. Schon wieder.« Sauprigl lächelte.

Alexander Toth spürte, mit welcher Genugtuung er diese Warnung aussprach. All der aufgestaute Hass, den er nach der Mistkübel-Causa gegen Toth hegte, schien sich dabei zu entladen.

»Ich hab dich in der Hand, Toth«, sagte Sauprigl ganz langsam. »Du gehörst mir.« Er ließ den Satz einige Momente in der Luft hängen. »Und jetzt raus hier. Im Gegensatz zu dir habe ich heute noch Wichtiges zu tun.«

Toth, dessen Kopf vor Zorn leicht rot anlief, formte seine Hände zu Fäusten und schaffte es nicht, Sauprigl zum Abschied in die Augen zu schauen. Er brachte ein kurzes »Bis morgen« heraus und verließ das Büro des Eventmanagers. Die Tür schloss er diesmal so, dass bestimmt kein Spalt offen blieb.

Am liebsten hätte Alexander Toth nach dieser unguten Begegnung einen Schrei losgelassen, der womöglich einige Tote wieder zum Leben erweckt hätte. Doch er beließ es bei ein paar tiefen Atemzügen. Einatmen. Ausatmen. Einatmen. Ausatmen. Was war das? Toths Kurz-Meditation wurde durch ein klackerndes Geräusch gestört. Er kannte es nur zu gut. *Nicht die auch noch*, dachte er sich, als Bärbel Hansen bereits vor ihm stand. Sie hatte am Tag vor der großen Jubiläumsfeier offenbar auch noch etwas im Büro zu tun.

»Was machen Sie hier, Toth?«, fragte Hansen in ihrem norddeutschen Dialekt. Sie wartete nicht auf eine Antwort, sondern fuhr fort: »Ich weiß, dass Sie und Frau Ehrenfels schon wieder ermitteln. Seien Sie froh, dass ich gerade größere Probleme habe.« Sie deutete mit ihrem rot lackierten Fingernagel auf Sauprigls Türschild, vor dem die beiden standen. Er hatte es bereits nach seinem ersten Tag am Zentralfriedhof austauschen lassen, weil der Ingenieurstitel vor seinem Namen, den er der HTL verdankte, gefehlt hatte.

Alexander Toth wollte gerade zu einer Rechtfertigung ansetzen, als seine Chefin abwinkte. »Sie werden den Dieb nie fassen, Toth. Jeder und jede hier am Friedhof könnte die Urne gestohlen haben.«

»Na, die drei Millionen Toten wohl eher nicht«, antwortete Toth. Seine Schlagfertigkeit war mit Verlassen von Sauprigls Büro wieder aufgekeimt.

»Sie Scherzkeks. Die natürlich nicht.« Hansen verdrehte die Augen. »Aber jeder Mitarbeiter bei der Bestattung und beim Friedhof kann sich den Schlüssel zum Mausoleum holen. Keine drei Millionen, aber genug.«

Alexander Toth sah seine Chefin verwundert an und kratzte sich am Kinn.

»Alles in Ordnung bei Ihnen, Toth?«, fragte Hansen, die offenbar auf eine Reaktion wartete.

»Alles mehr als in Ordnung. Sie sind ein Engel, Frau Hansen. Wissen Sie das?«, sagte Toth überschwänglich und fiel Bärbel Hansen um den Hals.

Samstag, 19.47 Uhr

»Privatgrund – Parken streng verboten« stand in schwarzen Buchstaben auf dem viereckigen, gelben Plastikschild, das an dem frisch lackierten Holzzaun befestigt war. Alexander Toth stellte seinen türkisen Twingo direkt davor ab. Es war um die Uhrzeit der einzige freie Parkplatz in der schmalen Gasse am Gipfel des Schafbergs in Währing, in der Toths Wagen nicht nur wegen seiner Farbe, sondern vor allem wegen seines geringen Wertes herausstach. Der Bestatter kannte den Eigentümer des Hauses von früher und wusste, dass die ausgeschilderte Warnung keine Rechtsgültigkeit hatte. Mehrere Male war er mit dem pensionierten Antiquitätenhändler, der stets ein Toupet trug, das ihm leicht ins Gesicht rutschte, deshalb in Streit geraten, bis einmal sogar die Polizei einschreiten musste. Die Beamten gaben Alexander Toth am Ende recht.

Bevor er aus dem Auto stieg, überlegte Toth einen Moment, wie lange er schon nicht mehr in der Kleingartenanlage gewesen war. Es mussten mehrere Jahre gewesen sein. Zumindest seit der Trennung von Sophie. Er spürte eine seltsame Mischung aus Aufregung und Wehmut in sich aufsteigen. War es ein Fehler gewesen, herzukommen? Was, wenn sie nicht allein zu Hause war, sondern Besuch hatte? In Alexander Toth hallten Marie-Theres' Worte nach. »Deine heilige Sophie«, ätzte sie immer und immer wieder. Sie hatte recht. Toth hatte die Rolle seiner Ex-Freundin in der ganzen Sache zu wenig beachtet. Er musste herausfinden, warum sie die Recherchen rund um die illegale Teigtascherl-Fabrik ihres Vaters damals verhindert hatte. War sie es am Ende gewesen, die die Warnung in François' Mausoleum platziert hatte? Der Gedanke, Sophie hätte ihm die ganzen letzten Tage nur etwas vorgespielt, fühlte sich für Toth an wie ein Schlag in die Magengrube.

Das dreistöckige Architektenhaus mit Dachterrasse und Pool war noch immer das mit Abstand größte in der ganzen Siedlung. Sophies Architekt hatte die strenge Bauordnung für einen Kleingarten-Grund damals bis aufs Äußerste ausgereizt und damit die gesamte Nachbarschaft gegen seine Auftraggeberin aufgebracht. Das Grundstück war mit blickdichten Milchglasscheiben eingezäunt, auf die grüne Bambusrohre gedruckt waren. Alexander Toth hatte deshalb nur freie Sicht auf den obersten Stock und die Dachterrasse des Hauses und sah, dass dort kein Licht brannte. Auch ob Sophies Auto hinter dem elektrischen Einfahrtstor aus Aluminium parkte, konnte er nicht erkennen.

Toth musste klingeln, um es herauszufinden. Er zögerte einen Augenblick, drückte dann den Knopf, neben dem noch immer nicht Sophies Name, sondern lediglich »Privat« stand, und wartete. Nichts. Er betätigte den Knopf ein weiteres Mal. Wieder nichts. Toth ging ein paar Schritte zurück, um zu beobachten, ob er irgendeine Bewegung im Haus erkennen konnte. Vergeblich. Er war im Begriff, zum Auto zurückzugehen und seiner Ex-Freundin eine Nachricht zu schicken, als eine helle Stimme die Stille der Siedlung durchbrach.

»Alex? Bist du das?« Toth drehte sich um und sah Sophies Silhouette auf der Dachterrasse des Hauses. »Warte kurz. Ich mach dir auf.«

Alexander Toths Puls wurde schneller. Mit einem leisen Surren öffnete sich das Aluminiumtor und gab den Blick auf den saftigen grünen Rasen frei, in dessen Mitte der hellblaue Swimmingpool leuchtete.

»Das ist ja eine Überraschung!«, sagte Sophie, als Toth die Eingangstür erreicht hatte. Sie trug einen glänzenden beigen Seidenmantel und graue Filzpantoffel, auf denen der Name eines Fünf-Sterne-Hotels gestickt war. Ihre Haare waren noch nass.

»Entschuldige die späte Störung«, antwortete Toth.

»Du störst nie, Alex«, erklärte Sophie, gab ihm zur Begrüßung einen Kuss auf die rechte Wange und bat ihn herein.

Im Wohnzimmer flackerten die Flammen im Schwedenofen, die der modernen Inneneinrichtung einen leichten Glanz verliehen. Auf einem reinweißen Sideboard stand eine goldene Duftlampe, die aussah, als würde jeden Moment der Flaschengeist Dschinni herausfliegen. Daneben hatte Sophie einige Fotos platziert. Auf einem erkannte Toth sich selbst. Sein Herz legte ein paar zusätzliche Schläge ein.

»Möchtest du ein Glas Rotwein mit mir trinken?«, fragte Sophie. Sie war im Begriff, zwei bauchige Gläser aus der Vitrine zu holen.

»Sophie, ich bin nicht privat hier. Also zumindest nicht ganz«, antwortete Toth schnell. »Ich möchte mit dir über die Berichterstattung zu den illegalen Teigtascherlfabriken sprechen.«

Sophie Bäcker stellte die Weingläser zurück, schloss die Vitrine und setzte sich an den länglichen Naturholztisch in der Mitte des Wohnzimmers. »Das ist doch schon Jahre her, Alex«, sagte sie und sah ihren Ex-Freund fragend an.

Alexander Toth formte die Worte in seinem Kopf. Er wusste, dass der Moment gekommen war, um Sophie mit dem Vorwurf zu konfrontieren. Die Wahrheit musste auf den Tisch.

»Hast du damals deinen Vater aus der ganzen Sache rausgehalten, um seine Machenschaften zu decken?«, fragte Toth. Das Knistern des Feuers verlieh der Situation einen schaurig-wohligen Geräuschteppich.

»Wovon redest du? Welche Machenschaften?«, fragte Sophie, die einige Momente brauchte, um sich zu sammeln. Ihre Fassungslosigkeit klang für Toth ehrlich.

Der Bestatter berichtete seiner Ex-Freundin von der illegalen Teigtascherlfabrik in Hernals und den ausgebeuteten Menschen dort. Unter welchen Bedingungen die vietnamesischen Familien für ihren Vater billige Teigtaschen produziert hatten und für das Unternehmen der Boulangers noch immer produzierten, die dann in den Lokalen der Familie zu Wucherpreisen verkauft wurden. Und er erzählte von Brigitte, die versuchte, mit Geld ihr schlechtes Gewissen und das Leid der Menschen etwas zu lindern.

Während Toth sprach, versuchte er, auf jede Regung in Sophies Gesicht zu achten.

Ihre feinen Lippen zuckten einige Male, ihre rehbraunen Augen weiteten sich. Für Toth wirkte es, als hätte sie in diesem Moment das erste Mal davon gehört.

Als Toth fertiggesprochen hatte, passierte zunächst gar nichts. Er wollte gerade eine Frage nachlegen, da vergrub Sophie das Gesicht hinter ihren Handflächen und begann zu schluchzen. Das erste und einzige Mal, das Alexander Toth seine Ex-Freundin weinen gesehen hatte, war bei ihrer Trennung gewesen.

»Wusstest du davon?«, fragte Toth, ging um den Tisch und legte seinen Arm vorsichtig auf Sophies Schulter.

»Es wurde damals von ganz oben die Order gegeben, dass wir in der Causa nicht mehr weiterrecherchieren sollen«, flüsterte Sophie unter Tränen. »Aber ich hatte doch keine Ahnung, dass mein Vater da mit drinsteckt.« Ihre verschwommene Wimperntusche zeichnete einen dunklen Schatten unter ihren Augen.

»Wie konntest du das mit deinem Gewissen vereinbaren? Wir Journalisten sind dafür da, um die Wahrheit ans Licht zu bringen. Otto Wurm würde sich im Grab umdrehen«, sagte Toth in ernstem Ton.

Sophie nickte. »Du hast recht«, flüsterte sie unter Tränen.

»Da ist noch etwas«, sagte Toth. Er trat einen Schritt zurück und wartete, bis sich Sophie zu ihm drehte. Er wusste nicht, wie er es ihr schonend beibringen sollte, also entschied er sich für die direkte Variante. »Ich glaube, dein Vater wurde ermordet.« Sophies Schluchzen hörte abrupt auf. »Was?«

»Ich glaube, dass jemand deinen Vater ermordet hat, um an die wertvolle Urne zu kommen«, erklärte Toth. Ihm fiel auf, dass er wie ein Ermittler klang.

»Wertvoll?«, fragte Sophie. Sie schnäuzte sich in ein Taschentuch, das sie aus der Seitentasche ihres Seidenmantels gefischt hatte. »Niemand von uns wusste vor dem Urnenbegräbnis, dass es diese Urne überhaupt gibt. Ich habe sie damals bei der Beerdigung das erste Mal gesehen. Das musst du mir glauben.«

Alexander Toth sah seiner Ex-Freundin tief in die verweinten Augen. »Das würde ich gerne, Sophie. Aber kann ich dir noch vertrauen?«

Sophie Bäcker antwortete nicht sofort, sondern legte ihre Hände auf die von Toth und umklammerte sie fest. Der Seidenmantel rutschte ein wenig von ihrer Schulter. Ihre Handflächen waren feucht und warm.

»Alexander, ich wollte dir die ganzen letzten Tage schon etwas sagen.« Ihre Stimme bebte und sie musste sich bemühen, dass sich ihre Worte nicht überschlugen. »Du hattest recht damals. Die Arbeit ist nicht das ganze Leben. Ich hätte sie nicht über unsere Beziehung stellen sollen. Mir ist bewusst geworden, wie sehr du in meinem Leben fehlst und wieviel ich noch für dich empfinde.«

War das Knistern im Schwedenofen lauter geworden? Toth kam es jedenfalls so vor. Der Bestatter, dessen Hände vor Aufregung ebenfalls schwitzten, löste sich aus der Umklammerung und stand auf. Die Situation überforderte ihn. Er musste raus hier. Raus aus diesem Haus. Weg von Sophie.

»Ich glaube, ich gehe jetzt besser«, sagte er.

Sophie machte Anstalten, ihn aufzuhalten, doch er war bereits bei der Tür. »Wir sehen uns bei der Feier morgen.« Mit diesen Worten schloss Toth die Tür hinter sich.

Wissen Sie, wie oft ich für einen geldgierigen und oberflächlichen alten Sack gehalten wurde? Vielleicht auch von Ihnen? Direkt ins Gesicht gesagt hat mir das natürlich niemand. Aber man merkt so etwas, das kann ich Ihnen versichern. An Blicken. An Gesten. Am Getuschel. Und wissen Sie was? Ich kann es niemandem verübeln. Das riesige Haus, der teure Wein, die Zigarren und die Fotos in der Zeitung, die mich in der sogenannten »besseren Gesellschaft« zeigten.

Ich habe mich oft gefragt, ob das noch ich bin. Der Franzi, der im Gasthaus seiner Eltern Schnitzel geklopft und Weißen Spritzer serviert hat. Es war eine ehrliche Arbeit, die uns alle damals ehrlich glücklich gemacht hat. Warum war mir das nicht genug? Warum wollte ich immer mehr?

Hat man einmal von der verführerischen Melange aus Erfolg und Geld gekostet, kann man nicht mehr aufhören. Es ist wie eine Droge, die schnell abhängig macht und in Gier ausartet. Gier nach Reichtum. Gier nach Macht. Gier nach Bestätigung. Die Moral bleibt auf diesem Ego-Trip auf der Strecke. Zu Lebzeiten habe ich mich nie gefragt, ob Geld den Charakter verdirbt. Hier unten habe ich viel Zeit, darüber nachzudenken. Und ich meine, die Antwort auf die Frage gefunden zu haben.

Sonntag, 17.08 Uhr

Hätte er eine Schlagzeile über die Szenerie schreiben müssen, die sich vor ihm abspielte, hätte er sie wohl »Laufsteg durch die Ewigkeit« genannt. Alexander Toth hatte noch etwas Zeit bis zu seinem fragwürdigen Sarg-Auftritt, den er von Sauprigl aufgetragen bekommen hatte, und beobachtete von der Seite aus den Beginn der 150-Jahr-Feier, über die seit Wochen alle am Zentralfriedhof sprachen. Über den breiten Weg, der vom berühmten Tor 2 zur Karl-Borromäus-Kirche führte, war ein schwarzer Filzteppich ausgerollt worden, an dessen Rändern alle paar Meter eine Fackel brannte. Die ersten Gäste stolzierten bereits darüber und ließen sich vor einer Fotowand, die absurderweise eine Aufnahme des Friedhofs bei Nacht zeigte, ablichten. Im Hintergrund spielte ein Trio aus zwei Geigen und einer Ziehharmonika Georg Kreislers Klassiker »Der Tod, das muss ein Wiener sein«. Eine Zeile, die sich an diesem Abend tatsächlich bewahrheitete.

Viele der nach und nach eintreffenden Gäste kannte Toth aus seiner Zeit als Journalist persönlich. Den Bürgermeister. Die halbe Stadtregierung, die hinter ihm herschwänzelte und versuchte, von den anwesenden Fotografen und Kamerateams wahrgenommen zu werden, ohne dem Stadtchef die Show zu stehlen. Wirtschaftsbosse, die von leichtbekleideten Frauen begleitet wurden, die ihre Töchter oder manchmal sogar Enkeltöchter hätten sein können. B- und C-Prominente, darunter sogenannte Schauspieler oder Models, die wohl seit Jahren keine Lebensmittel im Supermarkt mehr einkauften, weil sie sich allabendlich an Gratis-Buffets labten. Dazwischen wackelte das Bestattungsmaskottchen »Bodschi« umher und umarmte tollpatschig jeden, der ihm in die Quere kam. Es war der dicke Karl, der in dem flauschigen Ganzkörperkostüm steckte und vermutlich ordentlich schwitzte. Bei seinem Anblick war Toth fast froh über seine eigene, weit weniger exponierte Aufgabe.

Toth, der bereits seinen dunklen Arbeitstalar trug, hielt sich im Hintergrund und versteckte sich hinter der geschwungenen Steinmauer des Thonet-Mausoleums, in dem die gleichnamige Wiener Möbel-Dynastie begraben lag und das heutige Spektakel quasi von zu Hause aus verfolgen konnte. Im wahrsten Sinne des Wortes erste Reihe fußfrei. Er wollte keinesfalls mit einem der Anwesenden in ein Gespräch verwickelt werden. Er konnte die Frage, warum er denn dem Fernsehbusiness den Rücken gekehrt und ausgerechnet als Bestatter angefangen hatte, nicht mehr hören. Es reichte, wenn seine Mutter Dina ihn ständig damit konfrontierte. Außerdem durfte er sich nicht ablenken lassen. Er musste sich konzentrieren. Trotz Schlafmangels. Er hatte nach dem abendlichen Besuch bei Sophie die ganze Nacht kein Auge zugemacht. Er war zu aufgewühlt gewesen. Ihre Worte wiederholten sich wie in einer Endlosschleife in seinen Gedanken. Erst eine eiskalte Dusche um vier Uhr Früh, die seine Katze Karla Kolumna aus dem Schlaf riss, ließ ihn einen freien Kopf bekommen. Danach hatte er sich an seinen Esstisch gesetzt und war alle Informationen zum Fall Boulanger noch einmal in Ruhe durchgegangen. So oft er die Fakten und Indizien, die er in den letzten Tagen gesammelt hatte, auch drehte und wendete, alles lief auf eine einzige Person hinaus. Sie musste es gewesen sein. Toth war sich sicher. Aber konnte er es beweisen?

Aus der Ferne erkannte Alexander Toth weitere bekannte Gesichter auf dem schwarzen Teppich, an dessen Ende vor der Friedhofskirche eine riesige Bühne aufgebaut worden war, wie man sie sonst vom Donauinselfest kannte. Er entdeckte den Museumskurator Julius Novak, der vor einer kleinen Gruppe Anzugsträger offenbar über ein bestimmtes Grab dozierte. Kurt Sauprigl hatte sich für seinen Auftritt in einen besonders engen Anzug gezwängt und schüttelte vor einer schwarzen Kordel, die die rund fünfhundert Sitzplätze vor der Bühne eingrenzte, am laufenden Band die Hände der Ehrengäste. Etwas im Abseits stand Bärbel Hansen. Sie trug ihre Haare wie immer zu einem Dutt gebunden. Hätten ihre Blicke töten können, Sauprigl wäre auf der Stelle umgefallen. Ein freies Grab hätte die Bestattungschefin bestimmt schnell gefunden.

Toth ließ seinen Blick weiter schweifen. Er erspähte Sophie. Sie stand neben einem Übertragungswagen und erteilte der Fernsehmannschaft letzte Anweisungen für die Live-Übertragung. Ein paar Meter weiter ging Marie-Theres zwischen den Gästen am schwarzen Teppich hindurch. Sie trug eine historische Sargträger-Uniform und musste eine Informationsbroschüre über spezielle Jubiläums-Friedhofsführungen verteilen. Obwohl das Gewand ihrer männlichen Vorgänger viel zu groß war, sah sie atemberaubend aus, fand Toth, und war einen Augenblick abgelenkt. Beinahe hätte er Alain Boulanger übersehen, der gerade prüfend die blutigen Hotdog-Finger aus Frankfurter Würsteln probierte, die ihm eine junge Kellnerin servierte. Er verzog kauend das Gesicht. Er stand ganz allein da und unterhielt sich mit niemandem. Doch wo war sie? Die Frau, nach der Toth die ganze Zeit Ausschau hielt? Er rief sich den Sitzplan, den Sauprigl in einem der vielen Meetings gezeigt hatte, vor sein geistiges Auge und versuchte, sich zu erinnern. Die fünfte Reihe musste es gewesen sein. Ganz am Rand. Doch im Gegensatz zu vielen anderen Plätzen waren diese Sitze noch leer. Toth kam etwas hinter dem imposanten Grabmonument hervor, um einen besseren Überblick zu bekommen. Der schwarze Dresscode, den Sauprigl für die Feier ausgegeben hatte, machte die Suche nicht einfacher. In der Menge sahen fast alle Gäste gleich aus. Halt. War sie das? Toth schärfte seinen Blick. Tatsächlich. Im Licht der lodernden Fackel erkannte der Bestatter ihr Gesicht. Sie hielt ihr Handy ans Ohr. Gleichzeitig vibrierte es. In Toths Hosentasche. Sie rief ihn gerade an.

Alexander Toth hob nicht ab, sondern ging die paar Schritte auf sie zu, bis er direkt vor ihr stand.

»Da sind Sie ja. Ich habe gerade versucht, Sie zu erreichen. Warum machen Sie es denn so spannend?«, fragte Patricia Boulanger mit ihrem französischen Akzent. Alexander Toth hatte ihr heute früh, nachdem er seine Überlegungen am Esstisch beendet hatte, eine Nachricht geschickt und um ein kurzes Gespräch gebeten.

»Ich wollte mit Ihnen persönlich sprechen«, antwortete Toth. Er sah sich dabei immer wieder um, als würde er verfolgt werden. Er wollte nicht von Sauprigl oder einem der anderen Gäste gesehen werden.

»Ich bin ja jetzt hier. Was wollen Sie?«, fragte Patricia. Ihre Stimme klang leicht gereizt.

»Ich glaube, ich weiß, wer hinter dem Diebstahl der Urne Ihres Mannes steckt. Und es gibt noch einiges, das bei den Ermittlungen aufgetaucht ist. Aber hier ist nicht der richtige Ort, um darüber zu sprechen. Das sollten wir nach der Feier machen«, erklärte Toth. Die Einzige, die ihn zu beachten schien, war Marie-Theres, die ihm von der Weite zuzwinkerte.

»Mon Dieu! Jetzt sagen Sie schon. Wer war der Dieb?«, fuhr es aus Patricia heraus. Der Bestatter überlegte. Konnte er es ihr jetzt schon verraten? Er wollte Chaos auf der 150-Jahr-Feier vermeiden. Andererseits hatte sie ein Recht darauf, es zu erfahren. Außerdem wusste sie noch nichts davon, dass der vermeintliche Dieb ihres Mannes wohl auch sein Mörder war.

Toth seufzte. »Sie müssen versprechen, sich nichts anmerken zu lassen«, sagte der Bestatter schließlich. Patricia nickte.

Toth neigte den Kopf zu ihr und flüsterte ihr einen Namen ins Ohr. Die Witwe schlug sich die Hand vor den Mund. Toth konnte hören, wie sie ein französisches Schimpfwort dahinter erstickte.

»Ich bin mir zwar ziemlich sicher, aber entscheidende Beweise habe ich noch nicht«, gab der Bestatter zu. »Wir müssen die Polizei einschalten. Die wird alles weitere regeln.«

Patricia Boulanger blickte zu Boden und schüttelte den Kopf. Toth war sich nicht sicher, ob sie ihm überhaupt zugehört hatte. Dann erhob sie ihre Stimme.

»Von dieser Person hätte ich das niemals gedacht. Niemals. Das ist ein echter Vertrauensbruch«, sagte sie, wobei sie das »bruch« mit einem »ü« aussprach. »Bevor Sie die Polizei alarmieren, geben Sie mir bitte die Gelegenheit, diese Person zu konfrontieren. Nach der Feier, diskret. Ich will nicht, dass morgen alle Zeitungen des Landes darüber berichten. Denken Sie an meine Familie«, fuhr sie fort. Ihr Tonfall klang nun nicht mehr forsch, sondern fast bettelnd. »Denken Sie an Sophie. Danach übergeben wir alles Weitere der Polizei.«

Toth überlegte einen Moment. »Wenn Sie mir versprechen, dass wir gleich danach die Polizei rufen, kann ich versuchen, ein Treffen zu arrangieren. Hier und heute«, erklärte Toth. Patricia ergriff seine Hand und blickte ihm dankbar in die Augen. Toth nannte ihr Zeit und Ort. Er wollte es sich nicht eingestehen, aber er war selbst gespannt darauf, ob sich seine Vermutungen als richtig erweisen würden.

»Ich kann Ihnen aber nicht garantieren, dass die Person auch tatsächlich dort erscheint«, schränkte Toth ein.

»Das überlassen Sie nur mir«, versicherte Patricia.

Auf der Bühne hatte sich mittlerweile der Stargast des Abends humpelnd unters Rampenlicht gekämpft. Auf einem Holzstuhl sitzend, vor dessen Beinen eine graue Krücke lag, sang Wolfgang Ambros die ersten Strophen seines bekannten Hits:

> *Es lebe der Zentralfriedhof*
> *und alle seine Tot'n,*
> *da Eintritt is für Lebende*
> *heut ausnahmslos verbot'n.*
> *Weu da Tod a Fest heut gibt*
> *Die ganze lange Nacht,*
> *und von die Gäst ka anziger*
> *a Eintrittskarten braucht.*

Sonntag, 17.43 Uhr

Durch die Dunkelheit nahm er die Enge des Raumes zunächst gar nicht wahr. Erst als Alexander Toth mit seinen Händen nach und nach die Innenwand abtastete, bemerkte er, wie wenig Platz er hatte. Obwohl die Temperatur hier unten kühl war, begann der Bestatter leicht zu schwitzen. Er spürte, wie sich ein Schweißtropfen durch seine Bartkoteletten nach unten kämpfte und von seinem Kinn abperlte. Die Aufregung ließ ihn schneller atmen. Er bemühte sich, das so geräuschlos wie möglich zu tun. Er durfte nicht entdeckt werden. Um keinen Preis. Es fühlte sich auch beim zweiten Mal nicht besser an, lebend in einem Sarg zu stecken.

Für einen Moment lang keimte Zorn in Toth auf. Wie konnte Sauprigl auf die Idee kommen, ihn in diesem aufrecht aufgestellten Sarg in der unterirdischen Arkadengruft stehen zu lassen, um die Gäste zu erschrecken? Allein der Gedanke demütigte den Bestatter. Nun stand Toth freiwillig darin und wartete, ob sein Plan aufging. Würde Patricia Boulanger den Täter in wenigen Augenblicken mit dem Vorwurf des Diebstahls konfrontieren? Würde sie ein Geständnis bekommen? Würde die Witwe gleich danach die Polizei rufen, wie sie es versprochen hatte? Wäre die Jubiläumsfeier nach dem Rummel mit Blaulicht dann vorbei und Toth würden seine peinlichen Auftritte bei den VIP-Führungen erspart bleiben? Sollte Patricia Schwierigkeiten bekommen, wäre das Überraschungsmoment auf ihrer Seite. Dafür würde Toth sorgen.

Toth hörte Schritte. Das Klackern der Stöckelschuhe auf dem unebenen Steinboden unterbrach die Totenstille. Durch einen kleinen Spalt zwischen Sargkorpus und -deckel konnte der Bestatter erkennen, wer sich näherte. Er musste ein Auge schließen und das andere zusammenkneifen, um schärfer zu sehen. Es war Patricia, die der Abmachung gefolgt war und in ihrem schwarzen, knielangen Kostüm die Gruft betrat. War sie allein gekommen? Toth konnte niemand anderen erkennen.

Durch den Spalt beobachtete Toth die Boulanger-Witwe, wie sie zwischen den Wänden, in denen Verstorbene aus den beiden letzten Jahrhunderten eingemauert waren, hin- und herging. Sie wirkte nervös.

Aus der Ferne nahm Toth ein weiteres Geräusch wahr. Schritte. Sie wurden immer lauter und lauter. Bis sie mit einem Mal verstummten.

»Du wolltest mich treffen, Patricia?«, fragte eine Stimme, die dem Bestatter wohl bekannt war. »Du kannst dir vorstellen, dass ich viel zu tun habe, aber für dich nehme ich mir immer Zeit. Was gibt es denn so Wichtiges über das Erbe von François zu besprechen?«

Patricia Boulanger sagte nichts. Soweit Toth das aus seinem Versteck erkennen konnte, sah sie zu Boden. Suchte sie etwas? Die Witwe kramte in ihrer schwarz-glänzenden Lederhandtasche. Benötigte sie ein Taschentuch, um sich die Tränen abzuwischen? Holte sie ihr Handy heraus, um schon jetzt vorsorglich die Polizei zu rufen? Alexander Toth, dem in seinem Trauertalar immer heißer wurde, kniff sein offenes Auge noch fester zusammen und versuchte, mehr zu erkennen. Als er sah, was vor sich ging, hätte er beinahe aufgeschrien. Patricia zog ihre Hand wieder aus der Lederhandtasche heraus. Zwischen ihren Fingern hielt sie einen kleinen Revolver.

»Spiel nicht den Dummen, Kurt. Ich weiß, dass du die Urne gestohlen und den Erpresserbrief geschrieben hast«, sagte sie und zielte mit dem Lauf direkt auf Sauprigl.

Zum ersten Mal hatten der ehemalige Vizebürgermeister und Alexander Toth etwas gemeinsam. Auch Sauprigl blieb der Mund offen. Er schien am ganzen Körper zu zittern.

»Toth hat das herausgefunden. Er ist dir auf die Schliche gekommen. Schon wieder!«, fuhr Patricia fort. Ihre Stimme klang in der hallenden Gruft bedrohlich.

Kurt Sauprigl hob die Hände in die Höhe. Toth war nicht klar, ob er Patricia beschwichtigen oder sich ergeben wollte. Die Muskeln seines Gesichts zuckten, während er um Fassung rang.

»Bitte, Patricia, beruhig dich. Diesen Toth hätte ich schon längst loswerden sollen«, sagte er. Selbst in dieser Situation hatte sein Tonfall etwas Arrogantes.

»Kein Problem. Das übernehme ich«, sagte Patricia Boulanger. Alexander Toth stockte in seinem Sargversteck der Atem. »Dieser Möchtegern-Ermittler weiß zu viel. Brigitte bekommt genug Geld, das sie an die Armen verteilen kann. Die hält dicht. Aber dich und Toth muss ich aus dem Weg schaffen. Ich werde nicht zulassen, dass ich mein Imperium so schnell wieder verliere«, fuhr sie fort. Während dieser Drohung hielt sie die Pistole auf

Kurt Sauprigl gerichtet. Es sah so aus, als hätte sie nicht zum ersten Mal eine Waffe in der Hand.

»Damit wirst du nicht davonkommen. Wenn du mich erschießt, kannst du deine Teigtascherln im Gefängnis verkaufen«, antwortet Sauprigl. Während er sprach, bewegte er sich langsam in die Richtung von Toths Sarg. Was hatte er vor?

»Du hast doch keine Ahnung, Kurt«, sagte Patricia abfällig. Sie folgte Sauprigls Bewegungen, ohne ihn aus den Augen zu lassen. »Zuerst warte ich, bis dieser Bestatter hier auftaucht. Wo bleibt der überhaupt so lange? Er sollte schon längst hier sein.« Kurz wandte sie den Kopf zu den Stiegen, doch gleich darauf konzentrierte sie sich wieder auf Sauprigl.

»Der ist immer unpünktlich«, antwortete der ehemalige Politiker und versuchte unbemerkt, in Toths Richtung zu schielen. Was wusste Sauprigl?

»Wenn er hier auftaucht, erschieße ich euch beide«, erklärte Patricia. »Der Polizei erzähle ich, du hast mich bedroht und Toth wollte mir helfen. Bei dem Gerangel hat sich ein Schuss gelöst, der ihn getötet hat. Und dich habe ich anschließend aus Notwehr umgebracht.« Sie lachte. Die französische Eleganz war mittlerweile von ihr abgefallen und hatte einer kalten Rücksichtslosigkeit Platz gemacht. »Voilà, schon gibt es niemanden mehr, der meiner Version widersprechen kann. Und den Rest erledigt mein Geld.«

Während ihrer Rede hatte sie Sauprigl einige Meter nach hinten verfolgt. Ihre ganze Aufmerksamkeit galt dem Dieb der Urne und einem von nur zwei Menschen, der ihre Position als Grande Dame des Teigtascherl-Imperiums gefährden konnte. Sauprigl und Toth waren, so unvorstellbar es dem Bestatter auch vorkam, in gewisser Weise Verbündete geworden. Zumindest, solange Patricia noch die Pistole in der Hand hielt.

Patricia stand nun genau richtig. Jetzt oder nie.

Mit ganzer Kraft stieß Alexander Toth den Sargdeckel auf, der mit voller Wucht gegen Patricia krachte. Die Witwe stieß einen Schrei aus, wie ihn Toth bereits zu Beginn dieses Falles gehört hatte, und stürzte zu Boden. Die Waffe flog ihr aus der Hand und landete scheppernd auf dem Steinboden.

Patricia Boulanger brauchte einen Moment, um die Situation einzuordnen. Sie ließ ihre Handtasche fallen und versuchte, nach der Waffe zu greifen. Doch Toth war schneller. Nun war er es, der hier das Sagen hatte. Etwas in ihm sträubte sich, eine Pistole auf Menschen zu richten, doch er wusste, dass es in dieser Situation nicht anders möglich war.

»Ich wusste, auf dich ist Verlass, Toth. Diese Frau wollte mich erschießen, wir müssen sie sofort der Polizei übergeben«, keuchte Sauprigl, der sich langsam aus seiner Schockstarre löste. So freundlich hatte er noch nie mit Toth gesprochen.

»Nicht so schnell«, sagte Toth und trat einen Schritt zurück, sodass er die Waffe jetzt auf Sauprigl richten konnte, wenn es sein musste. »Patricia hat versucht, einen Mord zu begehen, aber du hast tatsächlich einen begangen.« Der Bestatter ließ die Worte etwas wirken, bevor er fortfuhr: »Du hast dafür gesorgt, dass die illegalen Teigtascherlfabriken der Boulangers nie gefunden wurden. Du musst François gedeckt haben, als du noch Vizebürgermeister warst. Und gratis hast du das vermutlich nicht gemacht. Als du über deine eigene Gier gestolpert bist und zum Friedhof degradiert wurdest, hast du dem Boulanger nichts mehr gebracht. Hast du ihn deshalb umgebracht? Weil er dich fallen gelassen hat?« Das Adrenalin in Toth ließ ihn selbstsicherer wirken, als er in dem Moment war.

»Dieser Dreckskerl«, fluchte Sauprigl. Die eben erst gefundene Gelassenheit war verschwunden. Nun flackerte Wut in seinen Augen. Eine Wut, die Toth Angst gemacht hätte, wäre keine Pistole zwischen den beiden gestanden. »Ich habe mich immer um ihn gekümmert, aber kaum musste ich meinen Vizebürgermeister-Sessel räumen, war ich ihm egal.« Es wirkte so, als hätte sich das Gesagte lang in ihm aufgestaut. »Auf Partys hat er mich noch eingeladen, ja, aber in die Augen geschaut hat er mir nicht mehr. Fürs Saufen war ich ihm gut genug, aber den Geldhahn hat er einfach zugedreht. Als ich es am dringendsten gebraucht hätte, genau da hat er mich fallengelassen. Und das verdanke ich nur dir, Toth.« Sauprigl zeigt dabei bedrohlich mit seinem Zeigefinger in Toths Richtung.

Der Bestatter ließ sich davon nicht beeindrucken. Patrica Boulanger war mittlerweile so weiß geworden wie die Wand, an der sie lehnte.

»Er hat nicht nur die Urne gestohlen«, stammelte sie. »Er hat François auch umgebracht?«

»Du hast also auf eine Gelegenheit gewartet, es ihm heimzuzahlen«, sagte Toth, ohne auf Patricia zu achten. Die Pistole hielt er zwar noch in seiner schwitzigen Hand, zielte damit aber nicht mehr auf Sauprigl oder Patricia Boulanger. »Du wusstest von der wertvollen Urne. Als du zum Zentralfriedhof versetzt wurdest, war das deine Chance. Auf der Feier zu seinem siebzigsten Geburtstag hast du François mit einer Teigtasche vergiftet. Als alle Gäste von dem Showprogramm abgelenkt waren, hast du den Drehteller so verschoben, dass das manipulierte Teigtascherl genau vor Boulanger landete. Er musste nur noch zugreifen.«

»Aumônièreeeees. Es sind Aumônièreeeeees«, schluchzte Patricia, als Sauprigl das Wort ergriff.

»Nicht schlecht, Toth«, sagte er. »Eine nette Geschichte. Aber kannst du irgendetwas davon beweisen?« Sauprigl hob seine gezupften Augenbrauen zu einem überheblichen Gesichtsausdruck.

»Auf den Fotos von Maria Zucker, Boulangers Sekretärin, ist zu sehen, wie der Tisch kurz vor Boulangers Tod eine andere Position hat. Er muss sich also bewegt haben«, erklärte Toth. Er spürte, wie mehrere Schweißtropfen über seine Stirn perlten. »Und als du mich gestern in dein Büro zitiert hast, hast du von einer französischen Urne gesprochen. Niemand außer Boulangers Familie hatte die Urne zu Gesicht bekommen, bevor sie im Mausoleum verschwand. Also konnte auch niemand davon wissen, dass sie französisch ist. Du musst den Universalschlüssel entwendet und die Urne gestohlen haben. Und dann hast du dich natürlich über die Herkunft und den genauen Preis der Urne informiert.«

Sauprigl lachte hämisch und zupfte sein viel zu enges Sakko zurecht. »Weißt du, was der Haken an der Sache ist, Toth?« Der ehemalige Politiker machte eine Kunstpause, als würde er bei einer Parteiveranstaltung vor begeisterten Wählern sprechen. »Von Boulanger ist nur noch ein Haufen Asche übrig. Und selbst die ist verschwunden. Beweise hast du also keine. Lass uns dieses Schauspiel jetzt beenden.« Sauprigl war im Begriff, einen Schritt auf Toth zuzugehen und zur Pistole zu greifen. Der Bestatter wich zurück und richtete die Waffe nun wieder auf den Eventmanager.

»Der Beweis ist bereits bei der Polizei«, sagte Toth ruhig.

»Halt mich nicht für blöd«, fuhr ihn Sauprigl an. Sein präpotentes Lächeln war verschwunden.

»Ich habe einen Biologie-Crashkurs gemacht«, erklärte Toth. »Sie schmeckt süß, macht dunkle Flecken und geht nicht mehr aus weißem Stoff heraus. Noch dazu sind bereits geringe Mengen tödlich: die Tollkirsche. Damit hast du Boulanger vergiftet, nicht wahr? Blöd nur, dass sich noch ein Fleck auf genau dem Sessel im »Le petit Sac« findet, auf dem du gesessen bist. Den analysiert gerade die Polizei. Und wenn sie deine Wohnung durchsuchen, finden sie bestimmt nicht nur die Urne, sondern auch Spuren des Gifts«, fasste Toth zusammen. Nun klang er endgültig wie ein Ermittler.

»Du Schuft!«, fuhr es aus Patricia heraus, die mittlerweile wie ein Häufchen Elend am Boden kauerte. »Du hast ihn umgebracht?!«, schrie sie, krabbelte auf allen vieren zu Sauprigls Beinen und schlug auf ihn ein.

»Schluss jetzt! Wir rufen die Polizei«, kündigte Toth an. Er deutete mit der Waffe auf den offenen, weißlackierten Sarg, Modell »Memphis«, der neben Toths Versteck zum Probeliegen für die Gäste der 150-Jahr-Feier bereitstand. »Rein da mit euch. Alle beide.«

Als Toth zuerst Sauprigl und dann Patricia in den Sarg zwängte, schimpfte die Witwe des verstorbenen Teigtaschen-Titans in einer Tour auf den Ex-Politiker ein. Kaum hatte Toth den Sargdeckel zugemacht und verriegelt, hörte er Sauprigl vor Schmerz aufheulen. Offenbar hatte Patricia die Nägel ausgefahren.

Toth holte sein Handy heraus und wählte die Nummer seines guten Freunds Bertl. Er hoffte, die Polizei würde bald eintreffen. Sonst würde es vielleicht doch noch zu einem weiteren Mord kommen.

Sonntag, 18.31 Uhr

Die sich stumm drehenden Leuchten auf den Dächern der zahlreichen Polizeiautos tauchten die ansonsten reinweißen, mächtigen Obelisken des Tor 2 in ein blaues, blinkendes Licht. Chefinspektor Herbert Berger, der wie seit Jahrzehnten zu jeder Jahreszeit braune Lederstiefel trug, hatte nach Toths Anruf das »große Besteck« auffahren lassen, wie er es nannte. Mehrere Streifenwagen aus dem Bezirk und die Sondereinheit WEGA waren wegen der unklaren Lage, wie es im Fachjargon hieß, unter lautem Sirenengeheul zum Zentralfriedhof gerast.

Unter den ungläubigen Blicken der Jubiläumsgäste, die sich in einer Art Traube versammelt hatten und vergeblich auf die VIP-Führungen warteten, hievten Marie-Theres, die immer noch das historische Kostüm anhatte, und drei ihrer Sargträgerkollegen auf Anweisung von Bertl den Sarkophag »Memphis« samt Patricia Boulanger und Kurt Sauprigl auf die ausziehbare Trage des Leichenwagens. Das Klopfen und die Schreie aus dem Inneren waren wegen des massiven Deckels nur dumpf zu vernehmen. Bis der muskelbepackte Pascal den Kofferraum des dunklen Spezialfahrzeugs schloss. Dann war Ruhe.

»Jetzt kannst du bald meinen Job übernehmen«, scherzte Bertl und klopfte Alexander Toth, der neben ihm stand, freundschaftlich auf die Schulter. »Du hattest recht. Der Fleck aus dem Nobelschuppen im ersten Bezirk, den wir untersucht haben, war tatsächlich Gift aus der Tollkirsche«, fuhr er fort.

»Habe ich es doch gewusst.« Toth ballte seine rechte Hand zu einer Siegesfaust. »Danke, Bertl, dass du mir vertraut hast. Das Geständnis in der Gruft habe ich leider nicht aufgenommen, aber ihr findet beim Sauprigl zu Hause bestimmt etwas«, fuhr er fort.

»Die Kollegen sind schon unterwegs zu ihm«, versicherte Bertl und klopfte mit seinen wulstigen Fingerknöcheln drei Mal auf das Dach eines Polizeiautos. Er gab damit das Kommando, den Leichenwagen ins Kriminalkommissariat zu eskortieren. Die Kolonne setzte sich in Bewegung, bog aus dem Zentralfriedhof links auf die Simmeringer Hauptstraße und fuhr stadteinwärts. Einen solchen Trauerzug hatte wohl selbst der Zentralfriedhof noch nie gesehen.

»Ich hoffe, du hast jetzt wirklich bald mal die Ruhe, die du wolltest, Toth. Das nächste Mal treffen wir uns nicht auf einem Tatort, sondern auf ein Bier im Wirtshaus!«, verabschiedete sich Herbert Berger. Er stieg in einen silbernen Audi, der von außen nicht als Polizeiauto erkennbar war, und fuhr dem Tross hinterher.

Toth sah seinem Polizei-Kumpel nachdenklich hinterher. Auf einmal spürte er eine kräftige Hand auf seiner Schulter.

»Ich muss Ihnen gratulieren, Herr Toth«, sagte Bärbel Hansen und löste ihre Hand von Toths Schulter. Ihr Gesicht hatte etwas Freundliches und Gütiges. Von der norddeutschen Distanziertheit, die sie sonst an den Tag legte, war nichts zu spüren. »Sie haben einen Mord aufgeklärt und gleichzeitig den unfähigsten Mitarbeiter beseitigt. Das nenn ich mal einen Doppeljackpot.« Sie deutete eine zögerliche Umarmung an und ergänzte: »So, und jetzt muss ich mich um meine Gäste kümmern. Die stehen ja alle unter Schock.« Die Bestattungschefin kehrte Toth den Rücken zu, schnappte sich ein Glas Sekt, das auf einem Tisch an der Seite des schwarzen Teppichs stand, und mischte sich unter die schwarzgekleidete Menschentraube.

Alexander Toth hatte neben viel Ruhe nur ein großes Bedürfnis. Er wollte mit Marie-Theres alles nachbesprechen. Ihr davon erzählen, was in der unterirdischen Arkadengruft passiert war. Nachdem er die Polizei gerufen hatte, war alles ganz schnell gegangen und er hatte noch keine Zeit gehabt, mit ihr unter vier Augen darüber zu sprechen. Das würde er jetzt nachholen. Mit energischen Schritten näherte er sich der blonden Sargträgerin, als ihn schon wieder jemand an der Schulter berührte. Nach Herbert Berger und Bärbel Hansen bereits die dritte Person in kürzester Zeit. Diesmal fühlte es sich sanfter an als vorhin, fast zärtlich. Es war Sophie Bäckers Hand, die auf Toths Schulter lag.

»Ich hatte solche Angst um dich, Alex!«, sagte sie, als er sich zu ihr umdrehte und in ihr sorgenvolles Gesicht blickte. Die TV-Chefredakteurin hatte den Vorfall in der Gruft mitbekommen und einen Kameramann von der Live-Übertragung abgezogen, um Bilder vom Polizeieinsatz für die Abendnachrichten drehen zu lassen. Zwei Verdächtige gefangen in einem Sarg gab es schließlich nicht alle Tage. Schon gar nicht exklusiv.

»Ich habe gewusst, dass Patricia eine eiskalte Person ist. Aber so etwas hätte ich ihr nicht zugetraut«, erklärte sie. »Und über diesen Sauprigl will ich kein einziges Wort mehr verlieren.«

»Ist wahrscheinlich besser so«, stimmte Toth seiner Ex-Freundin zu.

Toth und Sophie blickten einander an und suchten nach Worten. Auch wenn sie nichts sagten, sie spürten beide, dass noch etwas zwischen ihnen stand. Es lag förmlich in der mittlerweile kühlen Herbstluft. Schließlich ergriff Sophie das Wort.

»Hast du darüber nachgedacht, was ich dir bei mir zu Hause gesagt habe?«

Es war nicht so, dass Toth nichts mehr für seine große Liebe von einst empfand. Aber es waren nicht jene Gefühle, die Sophie sich erhoffte, das war ihm in den letzten Tagen klargeworden.

»Ich hätte dich nicht verdächtigen sollen. Es tut mir leid«, sagte Alexander Toth. Sophie wusste, dass sich seine Entschuldigung nicht nur darauf bezog, und lächelte.

Toth blickte in Richtung Portiershäuschen, ob der blonde Lockenkopf dort nach wie vor zu sehen war. »Ich bin weitergezogen.«

»Ich verstehe.« Sophie gab ihm flüchtigen Kuss auf die Wange. »Dann alles Gute, Alex. Du hast es dir verdient.«

Eine Woche später

Zwischen den Grabreihen, die langsam in der Dunkelheit des anbrechenden Abends verschwanden, blitzte das grelle Licht immer wieder hervor. Es war viel heller als die rötlich schimmernden Grabkerzen, von denen kurz nach Allerheiligen deutlich mehr brannten als während des restlichen Jahres. Kaum wurden Alexander Toth und Marie-Theres davon geblendet, war es auch schon wieder verschwunden, verdeckt von einem der unzähligen Grabsteine.

»Ich glaube, das ist unser Essen«, stellte Toth fest und deutete auf den jungen, bärtigen Mann, der mit einem pinken Elektromoped auf den schmalen Wegen zwischen den Gräbern herumirrte.

Der Bestatter hatte seine Bestellung beim Lieferdienst doppelt aufgeben müssen. Nachdem er als Zustelladresse »Zentralfriedhof, Tor 2« angegeben hatte, war sein Auftrag storniert worden. Man hatte offenbar gedacht, es handle sich um einen makabren Scherz. Erst als Alexander Toth anrief und versicherte, dass tatsächlich ein lebender und hungriger Mensch am Friedhof auf das Abendessen wartete, wurde die Essenslieferung losgeschickt.

Mit der Taschenlampe seines Smartphones gab Toth dem orientierungslosen Boten Lichtzeichen und lotste ihn schließlich zur Parkbank in der Nähe der Halle 2, wo er sich mit Marie-Theres zum ungewöhnlichen Dinner-Date verabredet hatte, das sie offiziell als Abschlussbesprechung des Falls »Boulanger« bezeichneten. Ihre dunkle Dienstkleidung hatten beide mittlerweile gegen wärmende Herbstjacken getauscht. Alexander Toth trug seine abgewetzte, dicke Lederjacke. Marie-Theres einen schlichten dunkelblauen Mantel. Fast synchron breiteten sie jeweils eine der mitgelieferten Servietten auf ihrem Schoß aus und öffneten darauf die noch dampfenden Essensboxen aus Plastik.

»Ich bin immer noch baff, dass der Sauprigl zu so etwas fähig war«, begann Marie-Theres das Gespräch. Ihre Begeisterung für die gemeinsame Ermittlungstätigkeit war ungebrochen.

»Ich dachte, der ist nur korrupt. Aber seine massiven Geldsorgen haben ihn sogar zum Mörder werden lassen«, erklärte Toth.

»Heute war doch seine Einvernahme bei der Polizei. Hat er mittlerweile gestanden?«, wollte Marie-Theres wissen. Sie nahm mit zwei Stäbchen eine Ladung aus dem Plastikbehälter auf ihrem Schoß, führte die Teigtasche an ihre Lippen und pustete sanft darauf.

»Bertl hat mir vorher geschrieben. Boulangers Urne hat man bei der Hausdurchsuchung von Sauprigl gefunden und auch einen ganzen Vorrat an Tollkirschen samt Blättern. Eine echte Hexenküche war das. Heute hat er den Mord gestanden. Wenn du mich fragst, war das nur eine Frage der Zeit«, sagte Toth. Er ließ das gelieferte Essen unberührt und versuchte unbemerkt auf der Parkbank etwas näher an Marie-Theres heranzurutschen.

»Aber woher hat er von der teuren Urne gewusst? Angesehen hat man diesem alten Ding seinen Preis ja wirklich nicht«, fragte Marie-Theres mit mittlerweile vollem Mund. Sie schien nicht zu bemerken, dass Toth ihr näher gekommen war. Oder es störte sie nicht.

»Das dürfte eine besoffene Geschichte gewesen sein. Boulanger hatte ein paar Gläser Rotwein zu viel und hat dem Sauprigl im Vollrausch davon erzählt«, erklärte Toth. »Das war sein Todesurteil.«

»Das ist so arg. Das wäre was für einen True-Crime-Podcast«, antwortete Marie-Theres. Sie hatte mittlerweile hinuntergeschluckt. »Den armen Alain haben wir also völlig ungerechtfertigt verdächtigt«, ergänzte sie.

»Vieles hat für ihn gesprochen. Seine Teigtascherl-Kreation war tatsächlich eine Abschiedsbotschaft. Er wollte seinen Vater allerdings nicht umbringen, sondern aus seinem Schatten heraustreten und sein eigenes Business aufbauen«, fasst Toth zusammen.

»A-Team«, ergänzte Marie-Theres. »Apropos«, fuhr sie fort, »Ich habe mich gestern mit Bao getroffen. Er hat erzählt, dass Alain ihm und seiner Familie angeboten hat, eigene Kochworkshops am Naschmarkt zu geben. Mit Anstellung und Versicherung. Steckt also doch ein weicher Kern in dieser arroganten Schale.«

»Dann sind sie zumindest nicht mehr auf das Geld von Brigitte angewiesen. Die hat nur versucht, das Richtige zu tun«, antwortete Toth.

Nach ein paar Momenten der Stille, fügte er hinzu: »Die Einzige, die François Boulanger wirklich geliebt hat, war Maria Zucker.« Dabei rutschte er noch ein Stücken an seine Kollegin heran. Die beiden trennten jetzt nur noch wenige Zentimeter. Toth zögerte einen Moment, doch dann stellte er die Frage, die ihm schon seit Tagen auf der Zunge brannte.

»Darf ich dich etwas fragen, Marie-Theres?«

»Immer doch, Toth. Was willst du wissen?«, antwortete sie keck.

Alexander Toth griff vorsichtig nach ihrer Hand und strich ihr sanft über das Handgelenk. »Von wem hast du denn das hier geschenkt bekommen?« Er deutete auf das dünne, türkise Armband mit silbernem Herz.

Marie-Theres prustete laut los. Beinahe hätte sie einen Teil ihres Abendessens fontänenartig vor der Parkbank verteilt.

»Wegen so einer Frage machst du so ein Drama, Toth? Du bist süß«, sagte Marie-Theres, nachdem sie ihr Lachen unter Kontrolle gebracht hatte. »Das hat mir meine beste Freundin geschenkt zu unserem Jubiläum. Wir sind jetzt seit zwanzig Jahren befreundet. Sie hat das gleiche, nur in violett.«

Alexander Toth war nach ihrer Reaktion etwas verlegen und fühlte sich ertappt. Er spürte, wie sein Gesicht rot anlief. Zum Glück war es bereits so dunkel, dass Marie-Theres es nicht erkennen konnte.

»Jetzt darf ich dich aber auch was fragen.« Toth nickte wortlos. Eine Spannung stieg in ihm auf, die er nicht zuordnen konnte. Was würde jetzt kommen? Was würde Marie-Theres von ihm wissen wollen?

»Was ist mit dir und Sophie?«, fragte Marie-Theres.

Alexander Toth antwortete mit seiner sanften, sonoren Stimme: »Aufgewärmt ist nur ein Gulasch gut. Apropos.« Nun griff auch er zu, nahm eine der mit Faschiertem gefüllten Teigtaschen zwischen seine Essstäbchen und schob sie sich zufrieden in den Mund.

Da ist ein weißes Licht! Ich sehe es, ganz hell und deutlich. Wie kann das sein? Ich kann kaum ein zweites Mal sterben. Eigentlich müsste mir doch jetzt mein Leben im Schnelldurchlauf erscheinen. Hm. Da kommt nichts. Dann mach ich das eben selbst. Keine Sorge, ich halte mich kurz. Auch wenn ich nicht auf alles stolz sein kann in meinem Leben, auf meine Kinder bin ich es.

Ich habe es ihnen leider viel zu selten gesagt. Eigentlich nie. Sophie ist ihren eigenen Weg gegangen. Hat es mit Talent und Fleiß ganz an die Spitze ihrer Redaktion gebracht. Zu Alain war ich oft zu streng. Viel zu streng. Aber es hat ihn womöglich zu dem gemacht, der er heute ist. Er wird ein guter Gastgeber und Gastronom, da bin ich mir sicher. Und Brigitte, meine Kleine ... Ihre Frisur wird sie hoffentlich irgendwann einmal ändern, aber sie hat ihr Herz am rechten Fleck. Ich hätte sie nie in die Lage bringen dürfen, sich für meine Fehler verantwortlich zu fühlen. Es tut mir leid. Auch für Familie Nguyen und all die anderen Menschen, deren Situation ich ausgenutzt habe. Und Patricia ...

... halt, was geschieht mit mir? Ist es die göttliche Hand, die nach mir greift und mich emporhebt? Komme ich jetzt tatsächlich in den Himmel? Ist es Gott, der zu mir spricht, mit dieser tiefen, angenehmen Stimme?

»Herr Chefinspektor! Wir haben sie. Sieht ganz schön alt aus, diese Urne.«

ENDE

Merci!

Bevor Sie den Deckel zuklappen, also den des Buches, möchte ich mich noch bei einigen Menschen bedanken, ohne die es dieses Buch nicht geben würde. Zuallererst bei Ihnen, liebe Leserinnen und Leser. Ich war überwältigt von dem großen Zuspruch, den mein Romandebüt *Die Holzpyjama-Affäre* erfahren hat, und dem vielfachen Wunsch nach einem neuen Fall für Alexander Toth und Marie-Theres. Ich hoffe, Sie hatten beim zweiten Fall genauso viel Spaß und Spannung bei wie beim ersten.

Beim ehemaligen Promi-Bestatter der Nation, Peter Holeczek, bedanke ich mich erneut für seine Expertise rund ums Thema Beerdigung. Ich warte auf den Tag, an dem es eine Frage gibt, die er mir nicht beantworten kann.

Bei Bestatter Horst Lerch von der Bestattung Wien, den ich einen Tag lang bei der Arbeit begleiten durfte, bedanke ich mich für die Geduld und das Vertrauen, mir einen authentischen Einblick in den Beruf zu gewähren.

Dem Direktor des Wien Museums, Matti Bunzl, danke ich für seine ausführlichen Schilderungen zu seinem Haus und zur Frage, wie man eine Ausstellung gestaltet. Vielleicht gibt's ja beim nächsten Jubiläum tatsächlich eine Zentralfriedhofsschau.

Einem ehemaligen Ermittler im Fall der illegalen Teigtascherlfabriken in Wien danke ich für die detailreichen Schilderungen der damaligen »Tatorte«.

Soizic Chomel und Thibault Schuermans danke ich für ihr Buch *Mit Teigtaschen um die Welt*, das mir viele Inspirationen für Aumônières & Co. geliefert hat.

Meiner Mutter Sylvie danke ich wie immer fürs Mitfiebern, Erstlesen und Motivieren.

Meinen Testleserinnen Marion und Barbara danke ich für euer ehrliches, konstruktives Feedback.

Danke an Janko fürs Zuhören und das gemeinsame Kreieren der Tulas-Teigtascherln.

Und last but not least ein großes Dankeschön an meine Dramaturgin Ines Häufler und meinen Lektor Maximilian Hauptmann. Ohne euch wäre das Ganze nur halb so lustig.

Und jetzt lassen wir Toth und Marie-Theres ihre Teigtascherln in Ruhe fertig essen. Bald schon werden wir wissen, wie es mit den beiden weitergeht – ich bin genau so gespannt wie Sie!

Rezept: Alains »Tulas-Teigtascherln«

Für 4-6 Personen, Kochzeit: 1 ½ Stunden

Zutaten:

Für die Fülle:

- 500g Entenbrust (oder Hühnerbrust)
- 80g Butter
- ½ Bund Frühlingszwiebel
- 20g getrockneter Steinpilz
- 2 Knoblauchzehen
- Wasser zum Aufgießen
- 15 große Blätter Basilikum (muss kein Tulasi sein)
- Pfeffer, Salz, Chilipulver, Parmesan

Für den Teig:

- 300g Mehl Universal
- 3 Eier (medium)
- Prise Salz
- etwas Wasser

Teig:

1. Das Mehl in eine Schüssel geben und in der Mitte eine Vertiefung formen. Die Eier nach und nach hineinschlagen und das Salz dazugeben. Alles mit einer Spachtel oder einem Kochlöffel gut verrühren. Bei Bedarf etwas Wasser dazu.
2. Wenn der Teig gut zusammenhält, mit den Händen auf der bemehlten Arbeitsfläche weiterkneten. Mit den Handballen den Teig vom Körper wegdrücken und wieder heranziehen. So oft wiederholen bis der Teig nicht mehr klebt.
3. Teig in Frischhaltefolie oder zugedeckt in den Kühlschrank geben und 1 Stunde rasten lassen.

Fülle:

1. Ente oder Huhn in kleine Stücke schneiden, Frühlingszwiebel putzen und in 1 Zentimeter dicke Ringe schneiden (auch das Grüne), getrocknete Steinpilze in etwas Wasser aufweichen, Knoblauchzehen schälen und ebenfalls klein schneiden.
2. Butter in einer großen Pfanne erhitzen, Fleisch hinzugeben und mit Salz, Pfeffer und Chilipulver würzen.
3. Geschnittene Jungzwiebel, Knoblauch, Steinpilze hinzugeben und unter ständigem Umrühren aufkochen.

4. Wenn das Fleisch durchgekocht ist, Wasser dazugeben (je nachdem, wie flüssig man die Sauce haben will) und rund 20 Minuten köcheln lassen.
5. Den Inhalt der Pfanne durch ein Sieb leeren. Fleisch und Gemüse in eine große Schüssel und die Hälfte des Basilikum dazumischen, die Sauce wieder zurück in die Pfanne geben.
6. Mit einem Pürierstab oder einer Küchenmaschine das Fleisch-Gemüse-Gemisch fein pürieren, bis eine Art Pastete entsteht.
7. Nun den gekühlten Teig ganz dünn ausrollen und mit einem Glas oder einer anderen runden Form (Durchmesser ca. 7 Zentimeter) Kreise ausstechen.
8. Auf jeden der Teigkreise einen Teelöffel der Pastete geben und die Teigtaschen formen (Beschreibung siehe rechts).
9. Wasser in großen Topf füllen, salzen und zum Kochen bringen.
10. Die gefüllten Teigtaschen vorsichtig hineingeben und ca. 4 Minuten kochen. Sobald die Tascherln oben schwimmen sind sie fertig.
11. In der Zwischenzeit die zweite Hälfte der Basilikumblätter in die Pfanne mit der Suppe geben und mit Pürierstab pürieren (bei Bedarf etwas Maisstärke oder Hafermark hinzugeben, um es dickflüssiger zu machen).

12. Teigtascherln auf Tellern anrichten, Sauce darüber und mit Parmesan verfeinern.

Formen der Aumônières (Beutel):

1. Den Teigkreis flach auf die Finger einer Hand legen und 1 Teelöffel Füllung daraufgeben.
2. Zwischen Daumen und Zeigefinger der anderen Hand eine Falte in den Teigrand legen.
3. Eine weitere Falte bilden, die die erste etwas überlappt.
4. So lange wiederholen, bis der Teig rundherum verschlossen ist.
5. Damit die Fülle beim Kochen nicht ausläuft, den Teig an der oberen Öffnung mit den Fingern etwas zusammendrücken.

Patrick Budgen
Die Holzpyjama-Affäre

TV-Journalist Alexander Toth hat genug von Dauerstress und Informationsüberflutung und will in seinem neuen Job am Wiener Zentralfriedhof zur Work-Life-Balance finden. Da fährt ein Auto vor der Bestattung Wien vor und auf der Rückbank sitzt ein Toter, mit dem manches nicht stimmt. Toth sieht nur noch eine Chance, seinen inneren Frieden zu finden: den Fall zu lösen.

208 Seiten, 18€
ISBN: 978-3-99001-683-1